Klaus Blumberg

Familienaufstellung

Roman

In Erinnerung an Günther Plenz (1936 – 2024)

Herstellung und Verlag: BoD – Books on
Demand, Norderstedt
ISBN: 9783759748881

Hermann 1949

Ein kleiner Ort im Kraichgau. Ein Gutshof.
Hier ist Hermann untergekommen, seitdem
er aus der Kriegsgefangenschaft in Amerika
zurückgekehrt war. Er folgte der Schnecken-
spur seines Bruders, der sich ins Badische verheiratet hatte.
Die Zeit in Indianapolis hatte Spuren hinter-
lassen: Er war fast bis zum Skelett abgemagert.
»Wir werden dich hier schon wieder aufpäp-
peln«, versprach sein älterer Bruder Ernst.
Einstweilen schlief er in einer kleinen Abstell-
kammer neben dem Zimmer von Ernsts
Schwiegermutter, die ihn ständig misstrauisch beäugte; ihn mit den Flüchtlingen aus
dem Osten verglich, die wie Heuschrecken
das Land überfluten würden. Sie war über-
zeugt, dass diese Menschen das Land nachhaltig veränderten und den Einheimischen
die Arbeitsplätze wegnahmen.
Hermann sah sich weniger als Flüchtling,
eher als Heimkehrer. Ein Heimkehrer in ein
fremdes, unübersichtliches Land.
Ernst war nach den Kriegswirren im Heimat-
dorf seiner Frau untergekommen. Nachdem
sein Schwiegervater, der auf dem Gut als
Schweitzer gearbeitet hatte, von einem Bullen

zerquetscht worden war, konnte er dessen Arbeitsplatz übernehmen. Glück im Unglück. Allerdings prägte dieses Ereignis das Verhältnis zu seiner Schwiegermutter nachhaltig. Die alte Frau sprach danach kaum noch ein Wort mit ihrem Schwiegersohn.

In diese Gemengelage geriet nun Hermann, der von all diesen Vorfällen erst nach und nach erfuhr. Er verdingte sich als Helfer seines Bruders. Gemeinsam fütterten sie die Tiere, und misteten den Stall aus und halfen den Kühen bei der Geburt ihrer Kälber. Die körperliche Arbeit und die regelmäßigen Mahlzeiten sorgten dafür, dass Hermann wieder zu Kräften kam. Was ihm zuerst schwerfiel, ging ihm zunehmend leichter von der Hand. Ab und zu steckte sein großer Bruder ihm Geld zu, damit er sich seine geliebten Zigaretten *Gold Dollar* kaufen konnte.

In den Arbeitspausen vor der Scheune inhalierte er den würzigen Tabak und schaute über die Wiesen, auf denen die Kühe zwischen Obstbäumen grasten, und dachte über sein junges, turbulentes Leben nach und daran, wie es weitergehen sollte.

Auf Dauer wollte er nicht hierbleiben, sondern sich ein eigenes Leben aufbauen. Irgendwo in der Stadt, mit einer Arbeit, von der man nicht von Milchsäure zerfressene Hände bekam und keine schweren Heu- und Stroh-ballen stemmen musste. Ein Landleben war nichts für seinesgleichen.

Manchmal gesellte sich Ernsts kleiner Sohn Wolfgang zu ihm, der jeden Tag den Hof-hund Waldi ausführte. Er stellte sich gerne zu dem nachdenklichen Mann, der den Rauch seiner Zigarette ausstieß und dann den Rauchwolken nachsah.

»Was denkst du, Onkel?«, fragte er unschul-dig.

»Nichts!«, antwortete der und ließ seinen Stummel in die kleine Pfütze vor seinen Fü-ßen fallen. Eine Pfütze, die bald übersät war mit seinen Kippen. Irgendwann war die Pfütze einem verkrusteten Erdboden gewi-chen, die Zigarettenreste in alle Winde ver-streut und Wolfgangs Onkel abgereist.

Eine Freundin seiner Mutter hatte ihm eine Adresse zugesteckt. An die genauen Um-stände konnte er sich nicht mehr erinnern. Er wusste aber, dass sein Onkel Hermann jetzt in Bad Cannstatt, im Sommerrain, wohnte.

Hermann 1951

Hermann bewohnte im Sommerrain ein möbliertes Zimmer im Einfamilienhaus von Frau Würz, einer Kriegswitwe, die streng die Hausordnung überwachte: Keine laute Musik, kein Damenbesuch nach neunzehn Uhr. Wohnraum war knapp in der zum großen Teil zerstörten Stadt. Das Vermieten und Untervermieten war eine lukrative Einnahmequelle. Er hatte schnell eine Arbeitsstelle als Maler und Anstreicher im Straßenbahndepot Bad Cannstatt gefunden. An den weiß, schwarz und gelb lackierten Straßenbahnwaggons gab es ständig etwas auszubessern. Die Strecke zwischen Wohnung und Arbeitsstelle legte er mit einem gebrauchten Fahrrad zurück. Das Bewegen an der frischen Luft bot für ihn einen willkommenen Kontrast zu der von Lösungsmittel und Farbe geschwängerten Luft seiner Arbeitsstelle. Die Altstadt war bei den Bombenangriffen weitgehend verschont geblieben. Hermann genoss den Anblick der historischen Fassaden, die sich stark von denen seiner Heimatstadt Köslin unterschieden.
In seiner Freizeit ging er regelmäßig in die Cannstatter Schwimmhalle, manchmal auch

in eines der Mineralbäder auf der anderen Seite des Neckars. Mit seinem Arbeitskollegen Egon besuchte er von Zeit zu Zeit das Neckarstadion, um die Fußballer des VFB Stuttgart anzufeuern.

»Gottlob könne ma wieder«, erzählte Egon in der Werkshalle beim Feierabendbier.

»Bis vor zwei Johr g'hörte den Amis das Stadion. Century Stadion nannten die es doomols. Kein Deutscher durfte bei ihren Footballspielen zugucke.«

Egon war aus dem Badischen nach Stuttgart emigriert. Die Amerikaner hatten Stuttgart als Besatzungsmacht voll im Griff.

»Awaa!«

In solchen Momenten beschlich Hermann manchmal ein Gefühl von Heimweh. Heimweh nach seiner kleinen Stadt an der Ostsee. Nicht unbedingt nach seinem prügelnden Vater, der während des Krieges schon verstorben war. Eher nach dem Ambiente dieser Stadt, die sehr überschaubar war; in der alles am rechten Platz stand.

Die sommerlichen Touren mit dem Fahrrad an die nahe Ostsee fehlten ihm. Er vermisste das Meer. Der träge dahinfließende Neckar war kein Ersatz. Der Neckar, auf dem die Frachtschiffe tuckerten, an dessen Ufer der *Cannstatter Wasen* stattfand, mit Fahrgeschäf-

ten, Losbuden, Bratwurstständen und Braue-
reizelten, in denen Bier und Wein in Massen
strömten, Schweinshaxen und Brathuhn ver-
speist wurden und Fäuste locker saßen. In
den Hochzeiten waren die Toilettenwagen
vor den Zelten ständig überfüllt. Ameisen
gleich bildeten sich lange Schlangen vor den
nach Urin und Kot stinkenden Häuschen. Da
stellte man sich lieber vor die Pappeln am
Ufer des Flusses.

Nach so einem Besuch des Cannstatter
Wasens geschah es. Hermann säuberte seine
Hände am Uferrasen und musste dafür den
Luftballon loslassen, den er beim *Vogeljakob*
erstanden hatte. Der Ballon erhob sich in die
Lüfte, wurde von einem Windstoß zurückge-
weht und landete direkt in den Armen eines
Mädchens, das mit seiner Mutter auf dem
Uferweg spazieren ging.

Hermann hatte noch versucht, nach dem Ballon zu greifen und war rücklings ins Gras gefallen. Er lag wie ein Maikäfer auf dem Rücken.

»Darf ich Ihnen behilflich sein?«, fragte die
Mutter des Mädchens und streckte Hermann
ihre Hand entgegen.

Anschließend wandte sie sich an ihre Tochter, die den Ballon wie einen Ball vor ihrem Bauch hielt.

»Du musst den Luftballon dem Herrn zurückgeben.«

Trotzig hielt das Mädchen den Ballon fest.

»Du darfst den Luftballon behalten.«

Hermann schüttelte sich Grasreste von der Hose und strich mit den Händen über die Ärmel seines Jacketts.

»Warum?«

»Du hast ihn gefangen, also gehört er dir. Ansonsten wäre er über alle Berge, auf und davon.«

Mutter und Tochter lachten. Dann standen sie einen Moment verlegen herum, bis Hermann auf eines der Festzelte deutete.

»Darf ich Sie zu einer Bratwurst einladen?«

Margot 1951

Margot war im Stuttgarter Stadtteil *Berg* aufgewachsen, auf der anderen Seite des
Neckars, gegenüber von Bad Cannstatt. In einer Straße, die es nicht mehr gab, und die auf
ihrer Rückseite an das Mineralbad Berg an-
grenzte.

In der Nacht vom 12. September 1944 wurde
ihr Schicksal besiegelt. Die britische Royal Air
Force warf in dieser Nacht eine Kombination
aus Spreng und Brandbomben über Stuttgart,
die einen verheerenden Feuersturm auslösten, und Margots Stadtteil in Schutt und
Asche legten. Sie konnte nie vergessen, wie
sie mit ihrer zweijährigen Tochter Gisela im
Kinderwagen über die von Phosphor glühen-
den Straßen vom Luftschutzkeller zu ihrer
Wohnung rannte, die bei ihrer Ankunft nicht
mehr existierte. Ihr Vater hatte alles voraus-
gesehen: »Dieser Hitler, dieser Gefreite, wird
uns alle ins Unglück stürzen«, sagte er nicht
unter vorgehaltener Hand in einem sicheren
Zuhause, sondern brüllte es betrunken auf
der Straße, was wesentlich gefährlicher war.

Zum Glück, so Margots Mutter, erkrankte er
schwer und starb, noch bevor er oder die

gesamte Familie im Konzentrationslager landeten.

Daran musste Margot denken, als sie am *Stöckach* mit ihrer achtjährigen Tochter aus der Straßenbahn stieg und einige hundert Meter weiter bei ihrer Mutter Alwine klingelte. Alwine war eine ernste, verbitterte Frau, die nach dem Tod ihres einzigen Sohnes Hans schwarze Kleidung trug: eine ewig Trauernde.

Hans war damals, im Januar 1945, stolz, am *Unternehmen Nordwind* teilnehmen zu können. Die Deutschen versuchten, entlang des Vogesenkammes die alliierten Streitkräfte mit einem Überraschungsangriff zu schwächen. Alwine, ihre Tochter Margot und ihre Enkeltochter Gisela waren in dieser Zeit bei Verwandten im Schwarzwald untergekommen, in Villingen, der Stadt in der Alwine aufgewachsen war. Es war ein kalter, schneereicher Winter und die Frauen sahen den durch den Schnee stampfenden Briefträger schon von weitem. Als er Alwine den Umschlag mit dem Brief an der Gartenpforte überreichte und sich den Schnee von der Kleidung klopfte, konnte sie nicht schnell genug den Umschlag öffnen. Mit zunehmend versteinertem Gesicht überflog sie den Inhalt und warf dann das Papier von sich wie ein glimmendes

Holzscheit, trat ein paar Schritte vorwärts und fiel ohnmächtig in einen Schneehaufen.

Margot befürchtete in den Wochen danach, dass ihre Mutter diesen Schicksalsschlag nicht überleben würde. Der Verlust ihres Mannes und ihrer Wohnung schienen sie stärker zu machen, bereit, noch verbissener ums Überleben zu kämpfen. Der Verlust ihres Sohnes aber vernichtete sie. Bis zu ihrer Rückkehr nach Stuttgart sprach sie kein Wort mehr.

Jetzt betätigte Margot drei Mal den Klingelknopf, das vereinbarte Zeichen, und Alwine öffnete mit ernstem Gesicht ihre Wohnungstür.

»Ihr seid wieder zu spät.« Alwine winkte die beiden herein: »Der Kaffee ist wahrscheinlich schon kalt.«

Margot wusste, dass es keinen Sinn hatte, ihrer Mutter zu widersprechen. Es gab kein Argument für ihre Unpünktlichkeit.

Auf dem Weg zur Kaffetafel in der Wohnstube streifte Margot die Vitrine, auf der in einem Silberrahmen ein Porträt ihres Bruders stand. Er trug seine Wehrmachtsuniform und sauber gescheiteltes Haar. Ein schwarzes Trauerband war diagonal über den Rahmen gespannt. Gisela, die ihrer Mutter auf dem Fuß folgte, blickte kurz nach oben auf das Bild und wollte gerade zu einer Frage ansetzen, als Margot ihr spontan den Mund zuhielt.

Sie nahmen an der gedeckten Kaffeetafel Platz. Alwine hatte Rührkuchen auf einem Tablett geschichtet. Auf der Kaffeekanne saß eine Wärmehaube aus gestepptem Stoff. Gisela bekam einen kleinen Krug mit Kamillentee. Alwine verteilte den Kuchen auf die Teller. Bevor sie die Haube von der Kanne entfernen konnte, sagte Gisela: »Schau mal Mama, eine verkleidete Kaffeekanne!«

Alwine konterte sofort:

»Sei nicht so vorlaut mein Kind«.

Sie schenkte ihrer Tochter und sich Kaffee ein. Aus ihren knochigen Fingern traten weißschimmernd die Knöchel hervor. Dann pflanzte sie ihren ausgemergelten Körper auf den Stuhl.

»Na ja, mit der Erziehung deiner Tochter ist es nicht weit her. Das Kind braucht dringend einen Vater.«

Margot warf ihrer Mutter einen irritierten Blick zu, während sie mit der Kuchengabel auf dem Teller hantierte.

»Es ist nicht einfach, bei deinem Vorleben einen Mann zu finden. Das verstehe ich schon«, sagte Alwine, während sie ungerührt ihre Tasse zum Mund führte.

»Was soll das denn heißen? Ich bin nicht schuld, dass Georg im Krieg geblieben ist. Ich bin nicht verantwortlich für seinen Tod.«

Gisela hatte sich selbst Tee eingeschenkt und das erste Stück Kuchen bereits gegessen.«

»Das meine ich gar nicht.«

»Sondern?«

Gisela griff nach einem zweiten Stück Kuchen. Alwines Hand gab ihr einen Klapps auf die Finger:

»Du hast einen Mund zum Fragen, mein Kind.«

»Oma, darf ich mir ein zweites Stück Kuchen nehmen?«

Alwine nickte abwesend und sah sich dem giftig funkelnden Blick ihrer Tochter ausgesetzt.

»Sondern?«

»Ich meinte den Franzosen.«

Margot blieb das erste Stück ihres Kuchens im Hals stecken.

»Mutter, das war eine Vergewaltigung. Ich bin vergewaltigt worden. Verstehst du das?«

»Na, na.«

Margot war wie von der Tarantel gestochen von ihrem Stuhl aufgesprungen. Schnell war sie um den Tisch herum gesprungen, hatte ihre Tochter bei der Hand genommen. In Windeseile waren sie aus der Wohnung

geflohen und standen nun auf dem Bürgersteig: »Mutter, was ist eine Vergewaltigung?«
Margot beugte sich zu ihrer Tochter herab: »Wenn jemand etwas mit einem macht, das man nicht möchte«.
»Ein böser Mensch.«
»Ja, ein böser Mensch.«
Sie gingen die Straße hinauf, bogen links in die Neckarstraße ein.
»Warum haben wir noch nie das Grab von Onkel Hans besucht?«
»Er ist in Frankreich beerdigt.«
»Ist das weit weg?«
»Ja, sehr weit.«
»Wie ist er gestorben?«
»Er ist im Krieg gefallen, wie dein Vater.«
»Aber wie?«
»Kind, du fragst mir heute wieder Löcher in den Bauch.«
Auf der anderen Straßenseite begann das Gelände des Mineralbads Berg.
Hier hatten Margot und ihr Bruder Hans auf ihren Handtüchern im Gras gelegen und in den Himmel geschaut. Hans lachte und zeichnete mit seiner Hand die Wolken über ihnen nach. Später zog er in den Krieg. Er stand im Norden Frankreichs in einer Baracke und schaute in die sternenklare Winternacht

hinaus, als ihn unvermittelt ein Granatsplitter traf.

Margot fasste ihre Tochter fest an: »So, meine Kleine, was fangen wir nun mit dem angebrochenen Nachmittag an?«

»Volksfest…Volksfest!«, jubelte Gisela.

Margot und Hermann 1952

Am 8. August 1952 heirateten Margot und
Hermann in Stuttgart- Hedelfingen.
Alles war sehr schnell gegangen. Letztendlich
hatte Giselas Zuneigung zu dem *hübschen Onkelchen mit den blauen Augen* den Ausschlag
gegeben. Das Kind wollte unbedingt einen
Vater haben. Margot war nicht so euphorisch.
Ihre Erfahrungen mit Männern lagen ihr wie
Wackersteine im Magen.
Der Vater von Gisela war ein stolzer Soldat,
den Margot kaum kannte, von gelegentlichen
Urlaubsaufenthalten einmal abgesehen. Nur
ein Kurztrip nach Wien blieb in Erinnerung,
bei dem Gisela gezeugt wurde. Österreich
war seit 1938 ins Deutsche Reich eingeglie-
dert, und Georg, Margots erster Mann, war
zeitweilig in der Donaumetropole stationiert.
Nun allerdings war er zum Fronturlaub in die
Stadt gekommen. Zuerst saßen sie sich im
Kaffeehaus gegenüber, schweigend, als habe
der Krieg ihnen den Atem zum Sprechen geraubt. Als der Kellner den Kaffee und Wasser
brachte, schaute Margot sich nervös nach allen Seiten um.
»Du brauchst keine Angst zu haben. Hier sind
wir sicher.«

Georg sprach mit leicht hessischem Dialekt. Seine Familie stammte aus Frankfurt.

»Beruhige dich. Es gab bislang noch keine Luftangriffe auf Wien.«

Margot nickte stumm.

Georg hatte sich in einer Pension in der Nähe des Stephansdoms eingemietet. Hier verbrachte das Paar die meiste Zeit. Margot war zunächst zögerlich, voller Angst und Scham, weil sie sich vor ihrem Mann nicht nackt zeigen wollte.

»Meine Eltern haben sich niemals nackt gesehen«, sagte Margot, die Bettdecke bis zum Hals hochgezogen.

»Aber...nicht einmal bei der Liebe?«

»Meine Mutter hat ihr Nachthemd angehoben und mit beiden Händen am Saum festgehalten.«

»Und dann?«

»Hat sie alles schweigend über sich ergehen lassen.«

Georg streifte sich die Hosenträger von den Schultern und lachte. Margot schloss die Augen. Die Prozedur hatte dennoch etwas Schönes, dachte sie später. Die Wärme, die Körpernähe mochte sie. Nie wieder hatte sie dieses Gefühl.

Dann machte der Krieg alles zunichte und irgendwann erhielt sie die Nachricht vom Tod ihres Mannes, den sie kaum kannte. Aber die Tage in Wien hatten sich in ihr Gedächtnis gegraben.

Sie vermisste das Sexuelle nicht. Im Krieg war man mit anderen Dingen beschäftig. Obendrein war sie eine junge Frau mit Kind, unter den Argusaugen ihrer Mutter Alwine.

Bis es in Villingen wieder geschah. Pierre war zuerst charmant. Er sah sehr gut aus in seiner Besatzeruniform. Ja, er erinnerte sie an Georg. Vielleicht an Georg in Wien. Sie wusste es nicht genau, war zu verwirrt und ein bisschen betrunken. Dann wollte er plötzlich alles. Auf dem Heimweg zu ihrer Unterkunft gab es erzwungene Küsse, dann Handgreiflichkeiten, wilde Schläge und schließlich das Unaussprechliche. Es war eine unvergessliche Vollmondnacht. Der gefleckte Mond beleuchtete die bizarre Szene in der Gasse wie in einem grobkörnigen Horrorfilm.

»Das wird dir ewig nachhängen«, mutmaßte ihre Mutter Alwine. Zum Glück blieb das Erlebnis folgenlos. Margot blieb von einer Schwangerschaft verschont.

Dann stand Gisela strahlend mit ihrer Zuckerwatte neben dem blonden *Onkelchen* und alles begann von Neuem.

Sie wohnten in Hedelfingen, in einem Zimmer zur Untermiete. Herrenbesuch war streng untersagt. Von ihrem Fenster konnte man den Katzenbach in seinem Steinbett fließen sehen.

Bei Daimler-Benz in Untertürkheim hatte Margot eine feste Anstellung gefunden. Zuerst im Büro, später in der Produktion als Fräserin. Da konnte man in den Akkordschichten mehr Geld verdienen. Alwine passte während ihrer Arbeit auf die kleine Gisela auf, die schon bald zur Schule ging. Die Schule lag direkt an der Straße nach Wangen, ein Eckgebäude, das auf einer Seite direkt auf die Straße nach Obertürkheim zeigte.

Dann kam das *Onkelchen* und eroberte das Herz des kleinen Mädchens im Sturm. Und das Herz des großen Mädchens? Hermann gefiel die Frau mit den halblangen, dunklen Haaren, dem fein geschnittenen Gesicht, den lustigen Augen und dem Lächeln, das dieses Gesicht umspielte wie eine Prise Sommerwind.

Sie trafen sich an den unterschiedlichsten Orten, machten Spaziergänge in die nähere Umgebung, und immer war Gisela an ihrer Seite. Einmal folgten sie dem Katzenbach, wie einer Spur. Am Saum des bewaldeten Hügels entlang, an den Schrebergärten vorbei, bis zum Hundefriedhof im Wald. Gisela stand fassungslos vor den kleinen Grabsteinen.

»Die armen Hunde«, sagte sie.

»Warum?«

»Weil die Hunde tot sind.«

Hermann dachte an die toten Menschen, die er in seinem dreißig Jahre währenden Leben bereits gesehen hatte:

»Es sind nur Hunde.«

Gisela lief weinend bis zur Pforte des Friedhofs, fand ein Stöckchen und warf es wütend in den Wald hinein.

Hermann fasste Margots Hand und drückte sie: »Sie ist zu jung. Sie kann es nicht verstehen. Der Krieg hat mir meine Jugend geraubt.«

»Meine auch…«, antwortete Margot.

Das war der gemeinsame Nenner. Das führte sie zusammen: Eine Vergangenheit, die wie ein Trümmerhaufen hinter ihnen lag. Etwas, das sie auf Teufel komm raus vergessen wollten, als wäre es nie geschehen. Wie eine böse Krankheit, an die man nicht mehr erinnert werden wollte.

Ein gemeinsames Liebeslager fanden sie nicht. Hotelzimmer kamen nicht in Frage. Also beschlossen sie zu heiraten. Danach fanden sie eine gemeinsame Wohnung in Hedelfingen. Eine Notwohnung: zwei Zimmer und eine Küche und eine Abseite auf dem Dachboden. Die Toilette befand sich außerhalb der

Wohnung, im unteren Flur, vor dem Hausein-
gang. Ein unwirtliches, zugiges Örtchen, an
dem niemand lange verweilen wollte. Eine ihrer ersten gemeinsamen Anschaffungen waren Nachtöpfe.

Hermann saß am Küchentisch und sah aus
dem Fenster auf die benachbarte Terrasse. Er
steckte sich eine *Overstolz* an und sah den
Rauchwolken nach, die sich über dem Stein-
waschbecken verflüchtigten. Hier würden sie
nicht lange wohnen. Er war bereit, in seinem
Leben etwas zu erreichen, etwas zu schaffen.
Ein Bollwerk, das die Tür zu seiner Vergangenheit blockieren würde. Hoffentlich! Irgendwann würden sie in einem eigenen Haus
leben, einen eigenen Garten bewirtschaften.
Es musste vorangehen, etwas Schönes aus
dem Chaos des Krieges erwachsen. Seine innere Trümmerlandschaft hatte seine Seele
verkapselt. In ihm wohnte eine seltsame
Leere.

Er stand auf und öffnete das Fenster zum Hof.
Herr Grassinger, der Vermieter, schleppte
eine Holzkiepe den steilen Gartenhang hinauf. Wahrscheinlich wollte er die überall her-
umliegenden Äpfel aufsammeln, um sie danach in seiner Obstpresse zu verarbeiten.
Schon des Öfteren hatte ihm Grassinger von
seinem grässlichen Apfelmost ein Gläschen

angeboten. Ein Getränk, das zuerst seinen Gaumen und danach seinen Magen zusammenzog. Hermann ging zum Tisch zurück und steckte sich die nächste Zigarette an. Seine Vergangenheit blitzte wie ein Sonnenstrahl vor ihm auf.

Hermanns Flucht vor seinem despotischen Vater hatte ihn achtzehnjährig in eine Uniform gezwungen, die sich als Segen und Fluch zugleich entpuppte. Seit Kriegsbeginn 1939 war er bei der Fahne. Zuerst war er stolz durch die Straßen von Köslin spaziert. Er wollte den Mädchen gefallen in seiner schmucken Fliegeruniform, die seinen schlanken Körper betonte. Später, vom Leben gezeichnet, gedemütigt und voller Angst, hätte er sich die Uniform am liebsten vom Leib gerissen wie eine von Krankheit befallene Haut. Dann wäre er erfroren in dem kalten Winter 1945.

Die nächste Zigarette. Neben der Spüle stand eine Kiste Bier. *Dinkelacker*, seine Lieblingsmarke. Er langte nach einer Flasche und betätigte den Bügelverschluss. Mit einem hörbaren *Plopp* setzte er den Flaschenhals an seine Lippen und trank, gierig, wie ein Verdurstender.

Er hatte sich stets bemüht zu vergessen, was er gesehen hatte. Aber wie sollte er das

27

anstellen? Gott sei Dank gehörte er weder zu den Bomberpiloten noch zu den Bordschützen. Als Mann vom Bodenpersonal im Fliegerhorst Heiligenbeil nahe Königsberg blieb er zunächst verschont. Aber später?

Jetzt musste man nach vorne schauen. Zuerst galt es, seine Mutter nach Hedelfingen zu holen. Sie war am Ende ihrer Flucht aus Pommern im nordfriesischen Bredstedt gelandet. Inzwischen zweimal verwitwet, würde sie das Angebot ihres Sohnes bestimmt gerne annehmen.

Gisela 1958

Es hatte sich alles verändert. Seit Jahren schon. Für Gisela brach nach und nach eine Welt zusammen. Sie war vom Mittelpunkt der Familie in eine der hinteren Reihen verbannt worden. Von dort aus, weit entfernt, nahm sie am Geschehen teil. Immer wieder versuchte sie, den Zeitpunkt auszumachen, an dem alles begann anders zu werden. Irgendwann stand es glasklar vor ihrem inneren Auge: Es war die Geburt von Hans im November 1953.

Im Vorfeld begannen die Streitereien zwischen Alwine, Margot und Hermann. Margots Schwangerschaft verlief problematisch. Sie musste viel liegen und konnte ihrer Arbeit nicht nachgehen. Alwine kümmerte sich um den Haushalt und um Gisela. Die strenge Oma führte ein hartes Regiment. Gisela musste die Bedeutung des Wortes Disziplin lernen. Ihre Mutter hatte keine Zeit für ihre Belange, weil Alwine sie ständig unter Druck setzte. Sie habe selbst zwei Schwangerschaften miterlebt und zwei Weltkriege, argumentierte Alwine. Aber so ein selbstmitleidiges Verhalten, wie es von ihrer Tochter an den Tag gelegt wurde, kenne sie nicht.

Mit Hermann stritt sich Margot um den richtigen Namen des Kindes. Beide Eheleute glaubten, dass es ein Junge werden würde, also müsste dieser Margots Meinung nach Hans heißen, wie ihr gefallener Bruder.

Hermanns Lieblingsonkel hieß Günter, ein über zwei Meter großer Infanterist, der in den ersten Tagen des Krieges gefallen war. Hermanns Junge sollte diesen Namen tragen. Am Ende setzte sich Margot durch...und dann ging alles sehr schnell.

Bereits nach sieben Monaten war ihre Schwangerschaft beendet. Die Geburt war problematisch, wie Margot immer wieder zu erwähnen wusste. Beim Geburtsvorgang vergaß sie zu hecheln; presste ihre Lippen aufeinander, ohne Luft zu holen, was die Sauerstoffzufuhr zu ihrem Kind unterbrach. *Hecheln*...sie wusste mit der Bedeutung dieses Wortes nichts anzufangen.

»Herrgottnochmal!«, schrie der Arzt.

Schließlich zog er ein dunkelblau angelaufenes Bündel aus Margots Körper. Margot kam mit dem Kopf hoch und stieß einen spitzen Schrei aus. Die Hebamme klatschte ihr einen Ätherlappen ins Gesicht.

Alles Weitere erfuhr sie aus den Erzählungen des Arztes: Das Kind wog nur 2250g und wirkte zuerst leblos. Erst mit sanften Schlägen unter einem kalten Wasserhahn entfuhr ihm ein erstes Lebenszeichen: Ein Schrei. Danach wurde das Baby mit einem Krankenwagen in die Kinderklinik nach Stuttgart gebracht und in einen Brutkasten gelegt. Ärzte diagnostizierten einen Leisten- und Nabelbruch.

Über drei Monate versuchten sie, den kleinen Körper aufzupäppeln. Margot und Hermann durften ihren Hans nur hinter einer Glaswand, in seinem durchsichtigen Käfig bestaunen. Dadurch entstand paradoxerweise eine unglaubliche Nähe zu diesem Kind – und damit fing die Ignoranz gegenüber Gisela an. Alles Leben drehte sich plötzlich nur noch um den kleinen Erdenbürger. Selbst Alwine verhielt sich nach dessen Geburt der Familie gegenüber weniger feindselig. Gisela dagegen fing sich öfter mal eine Ohrfeige von ihrer Großmutter ein.

Der Kleine erholte sich schnell im Kreis seiner Lieben und blieb Mittelpunkt in seinem beigen Kinderwagen, aus dem er lächelnd in die Welt schaute. So vergnügt, dass in Gisela manchmal die kalte Wut hochkam. Und so geschah es, dass sie auf einem abschüssigen Bürgersteig, auf Höhe der Bäckerei Hägele, den Kinderwagen, der ihr anvertraut worden war, plötzlich losließ.

Der Wagen beschleunigte und schoss die steile Straße hinunter. Ein aufmerksamer Passant verhinderte gerade noch die Katastrophe, brachte den Kinderwagen zum Stehen und begleitete die Kinder nach Hause, wo er den erschrockenen Eltern erst mal eine Standpauke über ihre vernachlässigte Fürsorgepflicht hielt. Einer Elfjährigen könne man keine derartige Verantwortung übertragen. Gisela erhielt eine riesige Standpauke…und mehr. Dem kleinen Hans war nach diesem Vorfall allerdings das Lachen noch nicht vergangen.

So blieb das Verhältnis zwischen den beiden Geschwistern mal mehr, mal weniger angespannt. Irgendwann verließ Alwine den Haushalt und kehrte in ihre Wohnung nach Stuttgart-Berg zurück. Gisela atmete auf.

Hermanns Mutter Dorothea aus Bredstedt, einer Stadt im hohen Norden, erschien auf der Bildfläche. Sie sollte die Aufsicht über die beiden Kinder übernehmen und verliebte sich augenblicklich in ihren kleinen Enkelsohn, während sie der pubertierenden Gisela die kalte Schulter zeigte.

Überhaupt schien die Familie sich nun in zwei Lager zu spalten. Das eine Lager bestand aus Gisela und ihrer Mutter, das andere aus Hermann, seiner Mutter Dorothea und dem kleinen Hans, der von derlei Dingen in seiner ersten Lebensphase nicht viel mitbekam. Stattdessen nur neugierig aus seinem Babybett blinzelte oder aus seiner geflochtenen Sportkarre glotzte.

Die Zeit verging. Zu ihrer Kommunion bekam Gisela einen zweireihigen Wollmantel, den sie überall stolz präsentierte, während ihr staunender Halbbruder inmitten seiner Spielsachen von seinem stolzen Vater fotografiert wurde.

Irgendwann freundete sie sich mit der gleichaltrigen Nachbarstochter Ingeborg an. Die Teenager streiften ziellos durch den kleinen Ort mit ihren neu erworbenen Petticoat-Röcken und den batteriebetriebenen Plattenschluckern aus Plastik. Ted Herold und Peter Kraus waren bei den Mädels angesagt. Aus den geöffneten Fenstern beschallten sich die Mädchen über den Hof gegenseitig: *Tutti Frutti, Mit Siebzehn, Wenn Teenager träumen.*

Gisela pinnte Postkartenfanbilder von Elvis Presley an die Küchenwand, die dann neugierig von dem kleinen Hans beäugt wurden. Wenn er versuchte, eines der Bilder vom Reißbrettnagel zu ziehen, gab es einen Klapps auf die Finger oder mit der flachen Hand ins Gesicht. Gisela war nicht zimperlich, genauso wie ihre Mutter Margot: Wenn sie wütend auf den kleinen Hans war, konnte auch sie ordentlich zulangen. Wenn es schlimm wurde, benutzte sie einen hölzernen Kochlöffel. Nicht lange nach so einer Abreibung herzte sie das Kind allerdings wieder, drückte es an sich, und bedeckte es mit ihren Küssen. Meistens flüchtete der kleine Hans dann zu seiner Großmutter Dorothea in die Abseite auf dem Dachboden.

Dann begann die Liebeskummerzeit von Gisela. Immer gab es Jungen an ihrer Schule, die es ihr angetan hatten, und das führte bei ihr zu extremen Stimmungsschwankungen. Manchmal verkroch sie sich krank in ihrem Bett. Dorothea musste der Missmutigen dann ein Fieberzäpfchen in den Po schieben, was Hans aus sicherer Entfernung und mit großer Neugierde beobachtete.

Ein anderes Mal wurde sie unkontrolliert wütend und warf mit allerlei Gegenständen. Das führte zu zerbrochenen Schallplatten, wobei sie darauf achtete, dass es nicht ihre eigenen, sondern die ihrer Eltern waren. Margot Eskens *Cindy o Cindy* und Willy Hagaras *Mandolinen und Mondschein* zählten zu ihren Opfern. Geschickt lenkte sie dabei den Verdacht auf den kleinen Hans (Vinylreste in der Spielkiste), der dann die Abreibung bekam.

Der Höhepunkt dieser Auseinandersetzungen war der Bruch einer alten Erbvase von Margot, die Gisela in einem unkontrollierten Wutausbruch zerdepperte. Als Margot von der Arbeit kam und den Verlust der Vase entdeckte, deutete Gisela verstohlen auf Hans, was zu einer heftigen Reaktion von Margot führte.

»Ich habe es nicht getan!«, schrie Hans, während die Schläge auf ihn einprasselten. Irgendwo zwischen Wohnzimmer und Küche ging er zu Boden, stand wieder auf, riss eine Schublade des Küchenschranks auf und griff nach einem Messer. Breitbeinig und tränenüberströmt stellte er sich gegen seine Mutter und Gisela.

»Kommt mir nicht zu nahe. Ich habe nichts getan«, schrie er mit tränenerstickter Stimme.

Die Situation der Bedrohung führte bei Margot zu noch größerer Wut.

»Wie kannst du es wagen!«

Als sie versuchte, nach der Klinge zu greifen, stach Hans zu und warf dann das Messer von sich. Margots blutende Hand landete in seinem Gesicht. Margot suchte nach Verbandsmaterial und Gisela wirbelte geschäftig um sie herum. Die Aufmerksamkeit ihrer Mutter war ihr wieder sicher.

Hermann 1960

Hermann drückte seine *Overstolz* im Aschenbecher aus und schaute aus dem Fenster auf ein Gartengrundstück: sauber gezirkelte Rabatten, ein gepflasterter Weg in der Mitte, zwei Obstbäume auf jeder Seite. Dahinter schloss sich der nächste Streifen Reihenhäuser an. Eine schöne Wohngegend. Frau Brunner trat in den Raum. In der Hand hielt sie eine Flasche Bier, die sie vor Hermann auf den Tapeziertisch stellte.

»Lassen Sie es gut sein für heute. Es ist schon spät. Mein Mann und ich wollen jetzt ins Bett gehen.«

Hermann griff nach der Flasche und nahm einen tiefen Schluck. Dann stellte er sie an den Falz der Tapetenrolle.

»Na gut, ich kann ja morgen weitermachen.«

Hermanns Alltag war von derartiger Arbeit geprägt. Arbeit, die er nach Feierabend annahm, und die ihm einen lukrativen Nebenverdienst einbrachte. Es war sein Metier. Er kalkte Wände, klebte Tapeten, strich Türen und Fenster. Er war ein viel beschäftigter Mann in diesen Wirtschaftswunderzeiten. Er und die Menschen um ihn herum wollten etwas schaffen, etwas erreichen. Die Enge, den

Mief und die Schuld aus der Vergangenheit hinter sich lassen. Weit hinter sich lassen.

Für Hermann und seine Familie war es bald so weit. Sie hatten inzwischen genug Geld für ein kleines Reihenhaus zusammengespart.

Als Frau Brunner gerade das Zimmer verlassen wollte, setzte Hermann zu einer Frage an:

»Entschuldigung, Frau Brunner!«

»Ja, bitte?«

»Das ist eine sehr hübsche Gegend hier und so zentral gelegen.«

»Das stimmt. Wir fühlen uns sehr wohl.«

»Könnten Sie sich vielleicht etwas umhören? Ich meine, falls in der Siedlung in absehbarer Zeit ein Haus frei wird?«

»Selbstverständlich. Das mache ich gerne. Kommen Sie gut nach Hause!«

Leicht bierselig und müde ging er die Straße entlang. Dreihundert Meter weiter befand sich die Straßenbahnhaltestelle. Er schaute auf die Uhr. Es war kurz vor Mitternacht. Er würde die letzte Straßenbahn nach Hedelfingen noch erreichen.

Wenige Minuten später ließ er sich erschöpft auf den Sitz im Abteil fallen, nachdem er dem Schaffner seinen Ausweis gezeigt hatte.

»Ich wecke Sie, wenn wir angekommen sind«, sagte der Schaffner.

So war sein Leben. Er war fast vierzig Jahre alt und arbeitete bis zur Erschöpfung. Seine Familie, Margot und seinen kleinen Sohn Hans sah er fast nur an den Wochenenden oder, wenn es passte, in der Zeit zwischen seiner regulären Arbeit und seinen sonstigen Tätigkeiten.

Hans wurde im Frühjahr 1960 eingeschult. Hermann erlebte dessen bisherige Kindheit wie im Zeitraffer. Zuerst der stolze Vater, konnte er in den ersten Jahren mit dem Jungen wenig anfangen. Auf alten Fotos sah man ihn das Baby linkisch im Arm halten.

Die Urlaube verbrachten Margot, Gisela und er zusammen. Der kleine Hans blieb bei seiner Großmutter Dorothea auf dem Gutshof im Kraichgau, bei Ernst und seiner Familie.

Italien war Hermanns Sehnsuchtsland: Riccione mit seinem langen Sandstrand, dem nicht weit entfernten Rimini, dem Gardasee, und Venedig.

Urlaub war der einzige Luxus, den sich die kleine Familie leistete. Dem anstrengenden Alltag entfliehen. Die Welt kennenlernen.

Der Schaffner weckte ihn wie versprochen an der Endhaltestelle. Benommen trat er den Rest seines Heimweges an. Margot schob

Nachschicht. Nicht einmal zum Frühstück würden sie sich begegnen.

Die Straße war menschenleer. Er ging am Katzenbach entlang, bis dieser in der Kanalisation verschwand und nahm den Verbindungsweg zur Heumadener Straße. Am Gartentor streifte ihn die fossige Katze aus der Nachbarschaft. Sie war zutraulich. Hermann flüsterte ein paar beruhigende Worte und strich ihr übers Fell.

Später, alleine im Ehebett, starrte er an die Decke, die, matt beleuchtet von einer Straßenlaterne, wie ein schraffierter Himmel aussah.

Sein Eheleben hatte er sich anders vorgestellt. Von Anfang an. Margot blieb ihm auf seltsame Weise fremd. Auf eine unnahbare Weise, die er sich nicht erklären konnte. Im Bett nebeneinander liegend, fühlte er eine unsichtbare Barriere. Margot lächelte scheu bei jeder Berührung. Das löste bei ihm eine Blockade aus. Er fühlte sich nicht willkommen…vielmehr abgelehnt, ohne dass ein derartiges Wort je ausgesprochen wurde.

Die Begegnungen blieben sprachlos. Wortlos.

Fremde, wenn wir uns begegnen.

Margot hielt dann die Augen geöffnet. Sie schien einen unsichtbaren Punkt an der Decke zu fixieren, während er mit seiner Erektion kämpfte. Er strich ihr mit der flachen Hand über den Bauch, bemerkte ein Öffnen und Schließen ihrer Lippen.

»Mach schon«, flüsterte sie.

Dann spürte er wie Wut in ihm aufstieg. Die Versuchung ihr weh zu tun. Ihr wirklich weh zu tun. Ihr ins Gesicht zu schlagen. Sie aus ihrer Welt zu zerren, ans Licht. Da war die Erektion wieder da. Er widerstand der Versuchung, handgreiflich zu werden, wälzte sich auf sie und drang mit kräftigen Stößen in sie ein.

Keuchend ließ er sich nach dem Akt zur Seite fallen. Aus den Augenwinkeln sah er, wie sie unter dem Kopfkissen ein kleines Handtuch hervorzog, es unter ihre Bettdecke führte, um ihre Scham zu reinigen, seinen Samen wegzuwischen.

Über all das dachte Hermann nach, bevor er endlich erschöpft einschlief.

Margot 1961

Margot dachte immer öfter an ihren verstorbenen Mann Georg; und an Wien.

Ihre beiden Männer hätten nicht unterschiedlicher sein können: Georg mit Sensibilität und Forschheit gesegnet, Hermann mit Schüchternheit und Unbeholfenheit geplagt. Georgs braune Augen waren wie ein wärmendes Kaminfeuer, Hermanns himmelblaue Augen kalt wie Eis.

Die Fabrikhalle: Der Capo schob den Gitterwagen mit den Rohlingen vor Margots Maschine.

»Damit keine Langeweile aufkommt!«

»Deine Sorgen sind unbegründet, mein Lieber.«

Margots Augen funkelten.

»Warum schon wieder die Rohlinge?«

»Drei Mal darfst du raten. Weil sie da sind.«

»Dafür muss ich die Maschine wieder umstellen.«

»Das musst du wohl.«

Seit einiger Zeit waren in der Werkshalle italienische Gastarbeiter beschäftigt. Margot hatte den Eindruck, dass sie immer die leichteste Arbeit bekamen. Über den Tag das bessere Geschäft machten.

»Und deine Italiener?«

»Was ist mit meinen Italienern? Was ist mit Palermo?«

»Die können den Dreck hier auch mal fräsen.«

»Das musst du mir überlassen. Zerbrich dir nicht meinen Kopf.«

Margot griff nach ihrem Schraubenschlüssel.

»Was ist mit deiner Hand passiert?«

»Das geht dich nichts an.«

»Entschuldige, ich wollte dir nicht zu nahe treten. Viel Spaß bei der Arbeit.«

Der Capo schlurfte davon.

Margot stellte den Fräser ein und nahm einen Rohling aus der Gitterbox.

Von nun an war alles Routine. Ein immer gleicher, stundenlanger Ablauf. Hinter ihrer Maschine stand ein leerer, geschlossener Handwagen, in den sie die gefrästen Rohlinge werfen musste. Bis dieser Wagen gefüllt war, würden Stunden vergehen, nur unterbrochen von einer halbstündigen Pause.

Bei ihrer Arbeit konnte sie gut nachdenken. Über alles nachdenken: ihre Ehe, ihre beiden Kinder, ihre Misere. Manchmal wusste sie nicht, wo sie anfangen sollte. Dann purzelten die Ereignisse nur so um sie herum, wie ein aufgelöster Stapel beschriebener Blätter.

Jedenfalls war sie froh, dass Gisela ausgezogen war. Hans hatte nun weniger Grund für seine Wutausbrüche. Seine Messerattacke lag ihr noch schwer im Magen. Der Junge machte ihr Angst. Von wem hatte er bloß diese unbändige Wut?

Nun denn, Gisela und ihr Mann hatten eine kleine Wohnung in Möhringen bei Ludwigsburg gefunden. Das war nicht gleich um die Ecke, zumindest wenn man kein Auto besaß. Man würde sich also nicht so oft sehen.

Das war auch gut so. Margot hatte durchaus bemerkt, dass Hermann in den letzten Jahren seiner Stieftochter besondere Aufmerksamkeit schenkte. Sie versuchte, sich zu erinnern, wie alles anfing. Wahrscheinlich in einem ihrer Italienurlaube, als Gisela in der Pracht ihrer erblühten Weiblichkeit am Strand von Rimini in ihrem neuen Badeanzug posierte und die neugierigen Blicke der interessierten Italiener auf sich zog, bis Hermann von seinem Liegestuhl aufsprang und aufmerksam die Szenerie beobachtete. Man müsse besser auf das Mädel aufpassen. Die Männer zögen sie ja mit ihren Blicken fast aus, meinte Hermann. Dabei hatte er selbst Gisela angeschaut wie Margot schon lange nicht mehr.

Margot war auf der Hut, sensibilisiert. Deshalb war sie auch froh, als Gisela ein Jahr zuvor während ihres Urlaubs im österreichischen Thüringen ihren Ferdi kennenlernte. In

Bludenz begegnete sie Ferdis Familie, die zufällig in derselben Pension untergebracht war. Sie unternahmen Wanderungen zusammen und plötzlich und unerwartet fing Gisela Feuer; brannte lichterloh für den jungen Mann. Bald gingen sie händchenhaltend durch die kleine Ortschaft.

Ferdis Eltern und seine kleine Schwester Mimi lebten in Freudenstadt, Ferdi hingegen in Stuttgart-Zuffenhausen – von Hedelfingen sehr gut mit der Straßenbahn zu erreichen.

Und damit begannen die Probleme. Nach dem Urlaub wollte Gisela ihren Ferdi natürlich so schnell wie möglich wiedersehen, was zu mancher Auseinandersetzung in der Familie führte.

»Sie wird sich nicht aufhalten lassen.«

Margot schloss das Fenster in der Wohnstube. Die Nachbarschaft sollte nicht mitbekommen, was in der Familie für Probleme herrschten.

»Sie ist erst siebzehn!«, gab Hermann zu bedenken, mit einem seltsamen Glanz in den Augen, als sei eher Eifersucht denn Besorgnis sein Motiv. Aber wahrscheinlich sah Margot schon Gespenster.

»Mit siebzehn ist man neugierig und möchte die Welt entdecken«, hörte sie sich sagen.

»Das weißt du aus eigener Erfahrung, nicht wahr?«

»Damals waren andere Zeiten. Ja, da hätte ich mir manchmal mehr gewünscht. Aber du hast Alwine kennengelernt. Sie hielt meinen Bruder und mich an der kurzen Leine.«

»Und du möchtest Gisela jetzt von der Leine lassen«.

»Ich fürchte, uns bleibt nichts anderes übrig.« Von da an nahmen die Dinge ihren Lauf. Gisela machte eine kaufmännische Ausbildung bei Bollermann in der Stuttgarter Innenstadt. Von dort war es ein kürzerer Weg nach Zuffenhausen. An drei Tagen die Woche fuhr sie nach der Arbeit zu ihm und anschließend nach Hause.

Nach ihrer Ausbildung eröffnete sie ihrer Mutter, dass sie heiraten wolle. Da war sie neunzehn Jahre alt und schwanger.

»Das kommt gar nicht in Frage!«, schrie Hermann.

Margot nickte mechanisch. Sie konnte mit dem Nicken gar nicht mehr aufhören.

»Mein Gott, so jung. Sie weiß doch noch gar nichts vom Leben.«

Hermann hatte Tränen in den Augen:

»Dieses Kind rennt doch sehenden Auges in sein Unglück.«

Drei Monate später heiratete Gisela ihren Ferdi. Zur Hochzeitsfeier waren seine Eltern und seine Schwester aus dem Schwarzwald angereist.

Friede, Freude, Eierkuchen. Hans übergab seiner Stiefschwester linkisch einen Blumenstrauß. Er war sieben Jahre alt.

Zum Feierabend war der Wagen mit den bearbeiteten Rohlingen gefüllt. Margot fuhr ihn in den Gang zwischen den Werkshallen. Auf dem Weg zur Stempeluhr grüßte sie ihren Capo, der verlegen lächelte. Er stand mit einem der Gastarbeiter vor einer Schwingtür und schien ihm Anweisungen geben zu wollen. Er gestikulierte wie ein Italiener, wirkte dabei jedoch seltsam hilflos. Ratlos.

Die sind wie die Heuschrecken, dachte Margot. Eines Tages werden die uns unsere Arbeitsplätze wegnehmen. Das wird gar nicht mehr lange dauern.

Gisela 1963

Die Neubausiedlung war am Hang gelegen. Bei guter Sicht konnte man im Tal die Stadt Ludwigsburg erkennen. Meistens lag sie im Dunst, da nahm sie manchmal den Charakter einer Fata Morgana an.

Gisela, einen Kinderwagen schiebend, fühlte sich hier oben wie eine Gefangene: ein Baby im Kinderwagen, ein kleines Kind an ihrer Hand. Gestern waren die Gefängnisdirektorin und ihr Assistent in Person ihrer Mutter Margot und ihres Stiefvaters Hermann zu Besuch bei der jungen Familie gewesen: Ein Kontrollbesuch.

Ihre Mutter riss sämtliche Schranktüren auf, um die Sauberkeit der Wäsche zu kontrollieren. Sie schürzte den Mund und blies in zufällige Staubwolken hinein, strich mit der flachen Hand über Schränke und Tische und hielt einer ihrer unvermeidlichen Standpauken: »So geht es nicht!« oder »So geht es nicht weiter!« Immer zugegen: ihr Stiefbruder, ein kleiner bösartiger Zwerg, der sich prächtig zu amüsieren schien. Er wich seiner Mutter bei ihrem Rundgang nicht von der Seite, während Hermann und ihr Mann Ferdi in der

Küche eine Flasche Bier nach der anderen öffneten.

»Prost Dinkelacker!«

Margot kannte sich in Giselas Haushalt gut aus. Sie hatte während ihrer Krankheit hier gelebt und die Kinder versorgt. Überhaupt, Krankheit!

Gisela war sich nicht sicher, ob es sich vielleicht nur um eine Art Kontrollverlust gehandelt hat. Vielleicht eine psychische Krise? Der Amtsarzt und die Ärzte in der Psychiatrie waren jedoch anderer Meinung. Sie diagnostizierten eine handfeste Psychose und sperrten sie sechs Wochen in die geschlossene Abteilung des Landeskrankenhauses in Winnenden. Ein unvergessliches Erlebnis: Die Verabreichung von Psychopharmaka, um sie ruhig zu stellen. Ruhig? Wie ein Roboter fühlte sie sich. Bewegungen führte sie in Zeitlupe aus. Es schien ihr, als bräuchte sie Stunden, um einen Löffel zum Mund zu führen.

Und alles wegen eines ausgedehnten Einkaufsbummels? Nun gut, sie brachte die gekauften Klamotten zuerst ins neuerworbene Eigenheim ihrer Eltern im Stadtteil Stuttgart-Ost. Warum eigentlich? Vermutlich der erste Fehler. Sie hätte einfach den direkten Heimweg antreten sollen, ohne Umwege. Stattdessen tappte sie in die aufgestellte Falle.

Ihre Eltern beteuerten später, sie meinten es nur gut mit ihr. Sie wollten nur ihr Bestes! Sie wussten ja nicht, wie es um ihre Tochter stand. Erst an diesem besagten Abend hätte sich das gesamte Ausmaß ihrer Verwirrung gezeigt.

Was war eigentlich geschehen? Sie war bepackt wie ein Weihnachtsmann auf dem Weg zur Bescherung, war euphorisiert von der Vielfalt ihres Einkaufes. Sie präsentierte ihrer Familie jedes Teil, jedes Stück, riss Tüten und Schachteln auf, hielt sich Kleidungsstücke vor den Körper und referierte über Kinderkleidung, über Spielzeug, über Parfüm und sonstige Utensilien; ohne Unterlass, ohne Pause. Ihre Wangen glühten, ihre Augen waren weit aufgerissenen. Weißer Schaum umgrenzte ihre Mundwinkel und irgendwann brüllte Margot entschlossen: »Nun mach mal halblang, Kind!«

Das führte dazu, dass Gisela sich nun richtig Luft machte und ihre Eltern und den kleinen Bruder massiv anging. Sie sei immer schon, zumindest in den letzten Jahren, das fünfte Rad am Wagen gewesen. Am Ende wäre ihr nur Hass entgegengeschlagen. Ja, die ganze Familie hatte sich gegen sie verschworen. Ihr war nichts anderes übrig geblieben, als die Flucht nach vorne anzutreten, in die nächste

Falle hinein. Ihr Mann hätte sie zweimal hintereinander geschwängert und sie damit ans Haus gefesselt. Eine Gefangene ohne Rechte sei sie. Ein schlimmes Schicksal. Wie an ein Kreuz geschlagen. Ja, eine Märtyrerin sei sie, wie Jesu Christus ein Märtyrer war.

Das war zu viel. Margot und Hermann verließen den Raum, der kleine Hans starrte sie glotzäugig und ängstlich an. Verdammtes, vorlautes Balg. Flink wie ein Wiesel wuselte er um sie herum bis plötzlich ein freundlicher Herr im Zimmer stand. Ein Mensch, mit dem sich Gisela sofort verstand und angeregt unterhielt, bis er seine weiß gekleideten Assistenten hereinbat. Woher diese beiden Männer auch immer kamen; plötzlich standen sie neben ihr, hielten sie fest und führten sie hinaus. Gaben sie ihr eine Spritze?

Sie wusste es nicht mehr. Nur, dass sie ihre Einkaufstaschen und Beutel zurücklassen musste. Das war ihr bewusst. Das hat sie nicht vergessen.

Sie schob den Kinderwagen vor ein neues Baugrundstück. Hier würde das nächste Gefängnis entstehen und die Insassen würden es nicht einmal merken. Ja, so gottverdammt beschissen kann das Leben sein. Dabei hatte alles so schön angefangen. Mit Ferdi. Er war ein schüchterner, zärtlicher Mann.

Ganz anders als Hermann, der immer nur das Eine wollte. Schnelle Nachtfahrten in der Dunkelheit. Rasante Geschwindigkeit...dann der abrupte Sturz vom Felsen in ein pelziges Nichts. Alles in einem fremden Bett.

Zuerst war sie geschmeichelt, vielleicht auch auf eine unbewusste Art erregt. Vielleicht!? Sie war aufgeregt, dass ein so viel älterer Mann sie begehrte. Vielleicht begehrte sie ihn auch?

Zu Beginn machte sie ihm schöne Augen. Aber kurze Zeit später fühlte sie sich wie ein Versuchskaninchen in einem geheimen Labor.

Dann kam Ferdi und eines Abends, als sie nebeneinander am Fenster standen und hinausschauten auf die Geometrie der Häuserreihen, erzählte sie ihm alles.

»Ich werde ihn zur Rede stellen«, meinte Ferdi – und tat es dann doch nicht. Stattdessen beschlossen sie zu heiraten.

Hermann 1964

Hermann stand in seinem Garten. Direkt vor dem Birnbaum, an dem unzählige Früchte baumelten. Bald war es soweit und die *Geishirtle* konnten abgeerntet werden. Er drehte sich um und bemerkte Margot, die im ersten Stock mit den Ellbogen auf dem Balkongeländer zu ihm hinunter sah.

Vor drei Jahren hatten sie ihre Notwohnung in Hedelfingen verlassen und waren endlich in ihr eigenes Haus am Rande des Stadtteils Stuttgart-Ost gezogen. Klein aber mein.

Natürlich hatte Hermann Ideen, wie man einiges verändern könnte. Der Kachelofen im Erdgeschoss musste zuerst dran glauben. Es war eine mühselige Arbeit, den massiven Ofen zu zerschlagen. Aber er nahm zu viel Platz weg in dem kleinen Zimmer, in dem auch noch Hermanns Mutter Dorothea und sein Sohn Hans schliefen.

Fürs nächste Jahr wollte er sich die beiden Dachgauben auf der Vorder- und Rückseite des Hauses vornehmen. Das würde mehr Licht ins Schlafzimmer und in Hans zukünftiges Zimmer bringen. Die schmalen Dachfenster waren ihm ein Dorn im Auge wie auch die Tatsache, dass es im ganzen Haus noch kein Badezimmer gab. Es mussten unbedingt noch eine Toilette und eine Dusche eingebaut werden. Nun ja, das war noch Zukunftsmusik; aber in den nächsten Jahren würde mit Sicherheit keine Langeweile aufkommen. Ein Mann braucht ein Projekt, an dem er sich entlang hangeln kann wie an einem Seil über einen reißenden Fluss.

Keine Ahnung, warum ihm gerade jetzt dieser Vergleich einfiel. Vielleicht, um nicht zu viel nachzudenken – über Dinge aus seiner Vergangenheit, über Dinge, die er am liebsten vergessen und aus dem Gedächtnis streichen wollte.

Hermann drehte sich um und blickte über sein Grundstück. Margot war verschwunden. Wahrscheinlich bereitete sie in der Küche das Essen vor. Hans war noch in der Schule, konnte aber jeden Moment nach Hause kommen. Dorothea saß in ihrem Zimmer und strickte – eine ihrer liebsten Freizeitbeschäftigungen, wenn sie sich nicht um den kleinen Hans kümmerte.

Die Familie war geschrumpft, seit Gisela das Haus verlassen hatte. Das war gut so. Lange wäre diese Konstellation nicht mehr gut gegangen. So hatte man gerade noch die Kurve gekriegt.

Es wäre alles nicht passiert, wenn Margot im Laufe der Jahre nicht so abweisend geworden wäre. So kalt wie ein Fisch; als lebte sie in einer anderen Realität, und wäre in Hermanns Welt nur ein Gast. Deshalb fürchtete er sich, sie anzufassen, sich ihr zu nähern. An einem Eisblock konnte man sich Erfrierungen einhandeln oder in einen Abgrund gezogen werden.

Bei Gisela war alles anders. Sie war unschuldig, unverbraucht und neugierig. Sie hatte es darauf angelegt, ihn zu verführen, mit ihm zu spielen.

Bereits vor Jahren, im ersten Italienurlaub: Wie sie an ihrem Eis schleckte, wenn er zufällig zu ihr hinübersah. Das köstliche italienische Eis. *Gelato.* Margot machte ihm schon damals keine Avancen mehr, posierte gerade einmal für Fotos, zeigte im Bild eine gespielte Zuneigung, während Gisela unverhohlen mit ihm flirtete: eine jüngere, vitalere Ausgabe von Margot. Mein Gott, wer konnte da schon widerstehen.

Dann musste Margot öfters Nachtschichten übernehmen. Die Wirtschaftwunderjahre forderten ihren Tribut. Und Gelegenheit macht Liebe. Wenn man es nüchtern betrachtete, nahm er seiner Frau ja nichts weg. Es lag sowieso nicht in ihrem Interesse, von ihm berührt zu werden. Da fügte sich alles zum Guten. Gisela wollte nicht mehr mit ihrem kleinen Bruder und Dorothea auf dem Dachboden schlafen. Also wurde ihr ein Bett auf der Couch in der kleinen Wohnstube hergerichtet, das jeden Morgen wieder zurückgebaut werden musste. Aber immerhin war sie dem Einflussbereich der eifersüchtigen Dorothea entzogen. Gisela lag wie auf dem Präsentierteller und Hermann musste nur die Hand ausstrecken.

Hermann betrat das Haus, als seine Mutter ihm entgegenkam. In ihrer Küche duftete es einladend.

»Ich habe dein Lieblingsgericht gekocht«, säuselte Dorothea.

»Oh, was denn?«

»Königsberger Klopse!«

»Mmmh. Ich kann aber leider nicht mitessen. Margot wartet bestimmt oben mit dem Essen auf mich, außerdem kommt Hans gleich von der Schule.«

»Hans kann auch mitessen!«

»Nein, das gibt nur böses Blut.«

»Warum? Von meiner Seite her nicht.«

»Natürlich nicht.«

Da schallte von oben Margots Stimme herunter.

»Essen ist fertig.«

Gleichzeitig klingelte es an der Haustür. Dorothea begrüßte den kleinen Hans mit einem freundlichen Lächeln, während er mit seinem Schulranzen in der Hand unter dem Türrahmen stand.

Hans 1965

Es hatte wieder einmal einen blauen Brief für Hans gegeben; für eine Nichtigkeit.

Man stelle sich einmal vor, was sich im Religionsunterricht abgespielt hatte: Er war nicht einmal vorlaut gewesen oder ähnliches, sondern hatte nur zum falschen Zeitpunkt seine Meinung geäußert. Danach musste er hundert Mal einen hirnrissigen Bibelvers abschreiben – als zusätzliche Hausaufgabe. Weil er das langweilig fand, experimentierte er mit seinem Schriftbild. Als der Lehrer ihn fragte, wer das Geschriebene verfasst hätte, deutete er wahrheitsgemäß mit dem Finger auf sich selbst, was für den Lehrer an sich schon eine Provokation war. Beim wiederholten Nachfragen blieb er stur bei seiner Erklärung. Daraufhin sollte er hundert Mal *Ich soll nicht lügen* aufs Papier bringen, was Hans zu einer Totalverweigerung veranlasste. Er packte seinen Schulranzen und verließ das Klassenzimmer unter dem Grölen und Pfeifen seiner Mitschüler. Der blaue Brief war nun das Ergebnis dieser Aktion und seine Eltern würden nach dessen Lektüre bestimmt nicht in Begeisterungsstürme ausbrechen.

Er sah seinen Vater vor sich, mit puterrotem Gesicht; ziellos in Zimmer auf und ab gehend wie ein wütendes Raubtier im Käfig. Wahrscheinlich würde er sich auch eine Backpfeife einhandeln oder zwei. Danach kämen die Schuldgefühle der Eltern ins Spiel: Was haben wir bloß falsch gemacht? Wieso hast du dich zu einem derartigen Versager entwickelt? Wenn du so weitermachst bekommst du nicht einmal einen Job bei der Müllabfuhr! Was um alles in der Welt soll nur aus dir werden?

Den letzten Termin beim Direktor konnte sein Vater nicht wahrnehmen, weil er auf dem Weg zur Schule einen Zusammenbruch erlitten hatte: unter der Last seiner Sorgen über sein ungeratenes Kind eingeknickt. Der Kreislauf. Er hatte sich auf eine Bank im Park in Sichtweite der Schule gesetzt und apathisch vor sich hingestarrt. Ihm sei plötzlich schwarz vor Augen geworden, erzählte er später. Er habe nur noch Konturen wahrgenommen, keine richtigen Menschen mehr. Nur noch Strichmännchen.

Gegenüber dem Park befand sich Schreibwaren *Rabe*, wo Hans sich immer mit Comics und Süßigkeiten eindeckte. Hermann beschloss, seinen Jungen zu bestrafen, und zwar dort, wo es Hans besonders schmerzte. In einem günstigen Moment, der Junge spielte auf der Straße, räumte er Hans Kommode leer, und warf alle Comic-Hefte ins Feuer. Es war eine Strafaktion gehörigen Ausmaßes: Er machte keine Gefangenen, verschonte weder die Piccolos von Hansrudi Wäscher, wie *Sigurd*, *Falk*, *Tibor* und *Akim* noch die von Hans innig geliebten *Fernsehabenteuer*. Auch *Felix*, *Micky Maus* und *Bessy* wurden in den gusseisernen Schlund des Ofens geworfen.

Als Hans der Verlust entdeckte, wandte er sich hilfesuchend an seine Mutter:

»Was hat Vater mit meinen *Karl May*-Sammelalben gemacht?«

Margot schüttelte mitleidig den Kopf.

»Ich fürchte, er hat sie mit den anderen Heften zusammen verbrannt.«

In seiner Jeanstasche befand sich noch ein Rest seiner *Winnetou*-Sammelbilder, die er sorgfältig mit einem Gummiband zusammengebunden hatte. Die Bilder waren ein beliebtes Tauschobjckt auf dem Schulhof aber ohne die dazugehörenden Alben waren sie praktisch wertlos. Dabei hatte er seine Sammlung fast vollständig.

»Ich wünsche Vater die Pest an den Hals!«, schrie er. Dann warf er das Päckchen seiner verdutzten Mutter vor die Füße.

»Die könnt ihr auch noch verbrennen. Darauf kommt es jetzt auch nicht mehr an.«

Er fühlte sich wie auf einem Kriegsschau-
platz. Die Einschläge kamen in der letzten
Zeit bedrohlich nahe.

Erst eine Woche zuvor, als Hans mit seiner
Schulklasse einen Ausflug auf die Uhlands-
höhe machte, war es zu einem folgenschwe-
ren Vorfall gekommen. Dort im Park, direkt
vor der bronzenen Büste des Dichters, stieß er
mit einer Klassenkameradin zusammen.

Der Dichter habe genauso eine spitze Nase
wie Hans, bemerkte sie schnippisch: »Nasenspitz, Nasenspitz!«, flötete sie, bis Hans sich
auf sie stürzte und zu Boden riss – direkt zu
Füßen des Dichterfürsten.

Das amüsierte Hans' Klassenlehrerin überhaupt nicht. Sie ging dazwischen, riss den
raufenden Knäuel Mensch auseinander und
verteilte Ohrfeigen an beide Beteiligten.

Bei der Rauferei hatte die Bekleidung der beiden Kontrahenten gelitten. Verschmutzt und
ausgefranst wurde in Zweierreihen, wie die
Zinnsoldaten, der Heimweg angetreten, über
abschüssiges Gelände bis in den Talkessel
von Stuttgart-Ostheim. Auf den letzten Me-
tern, vor der Auflösung des Klassenverbun-
des, liefen sie dann zu allem Unglück noch
Hans' Vater über den Weg.

»Gut, Sie zu sehen«, entfuhr es Hans' Klassenlehrerin. Sie schob Hans' Vater mit einer

Handbewegung zur Seite und flüsterte etwas in sein Ohr, woraufhin er mit entsetztem Blick den Kopf schüttelte. Schlimme Vorzeichen, die alle anwesenden Schüler gleich zu deuten schienen. Verschämt, in seltener Übereinstimmung, senkten sie ihre Köpfe.

Hans fühlte sich von Anbeginn in dieser Schule nicht wohl. Der Abschied von Hedelfingen war der Beginn einer Katastrophe. Er war noch in Hedelfingen eingeschult worden und hatte schnell eine Freundin gefunden: Marina, ein dunkelhaariges Mädchen mit Pagenschnitt und Mandelaugen, das in seine Klasse ging und ihn fast jeden Nachmittag mit ihrem Puppenwagen abholte. Sie spielten Vater-Mutter-Kind und machten lange Spaziergänge durch den Ort.

Inzwischen drehte sich auf dem heimischen Plattenteller Will Brandes' deutsche Version von Rocco Granatas *Marina* und da wusste Hans, welche Freude er Marina bereiten würde. Sein Vater beließ die Singles immer in ihren Originalhüllen, sodass die Schallplatten mit ihren Covern immer wie neu aussahen. Marina freute sich über das Geschenk und gab Hans einen zarten Kuss auf die Wange.

Als sein Vater schließlich den Verlust entdeckte, stellte er Mutmaßungen an, die ihn sofort auf die richtige Spur brachten. Leugnen war zwecklos. Er zwang Hans, die Schallplatte wiederzubeschaffen. Mit gesenktem Blick gab Marina die Platte wieder zurück. Danach blieben die Verabredungen aus, und auch in der Schule ging sie Hans aus dem Weg.

In den Osterferien fand der Umzug nach Stuttgart-Ostheim statt. Hans konnte sich nicht darüber freuen, obwohl er ein eigenes Zimmer bekam, eine kleine Dachkammer neben dem Schlafzimmer seiner Eltern. Vor deren Spiegelschrank schaute er sich selbst beim Weinen zu. Tagelang. Da wusste er, dass es Marina war, die er vermisste. Danach wanderte er immer wieder die Hügelkette an den Weinbergen entlang, die von Gablenberg über Wangen bis nach Hedelfingen führte; drückte sich vor der kleinen Metzgerei, die Marinas Eltern gehörte, herum und hielt nach ihr Ausschau. Ohne Erfolg. Er hat sich niemals getraut, nach ihr zu fragen.

In seiner neuen Klasse fühlte er sich wie ein Ausgestoßener, der kaum in Kontakt mit seinen Klassenkameraden kam. In den großen Pausen spielte er berittene kanadische Polizei und ritt auf einem imaginären Pferd über den Schulhof.

Fernsehserien waren ein großer Teil seiner Lebenswelt: *Fury*, *Lassie*, *Ivanhoe* und viele andere. Manchmal gelang es ihm, von seiner Großmutter Dorothea etwas Geld für eine Kinokarte zu erbetteln. In Ostheim verbrachte er viel Zeit in den örtlichen Kinosälen (*Ostend Lichtspiele* und *Schauburg*): das vor Aufregung gerötete Gesicht vor der leuchtenden Leinwand.

Am Kiosk am Bergfriedhof deckte er sich mit den neuesten Comics ein. Der Zigarren paffende Besitzer saß in dem kleinen Kabuff wie eine Biene in der Wabe. Mit seinen riesigen Fingern blätterte er die dicken Stapel Hefte durch, während ihm auf seinem schweißnassen Nasenflügel die Brille bis zur Knollennase rutschte.

Hans liebte die Duftkombination von Tabak, Papier und Druckerschwärze. Seine Anspannung wuchs mit dem kleiner werdenden Heftstapel: »Habe ich momentan nicht da« war die denkbar schlechteste Antwort, gefolgt von: »Kommt erst wieder Morgen rein«. Manchmal nahm der Kioskmann seine Zigarre aus dem Mundwinkel und streifte die Asche in den neben ihm abgestellten Aschenbecher, während er einen erneuten Versuch unternahm. Es bestand ja immerhin die Möglichkeit, dass er etwas übersehen hatte. So eröffnete sich für Hans manchmal eine unerwartete zweite Chance.

Eine zweite Chance wäre auch bei diesem neuerlichen blauen Brief angebracht. Und tatsächlich lag sie auf der Hand. Sein Vater war nämlich im Krankenhaus und würde dort noch einige Zeit verbringen müssen. Er war bei der Birnenernte vom Baum gestürzt.

Dabei hatte er Hans vorher gewarnt, vorsichtig zu sein: Eine tollkühne Kletterei sei nicht angebracht, wiederholte er immer wieder. Dann fiel er selbst lautlos wie eine Birne aus dem Geäst, klatschte mit einem dumpfen Schlag auf den Erdboden und blieb gekrümmt und stöhnend vor der Baumwurzel liegen. Währenddessen schwang sich Hans erschrocken vom Ast und landete wie eine Katze auf dem weichen Grasboden.

Das Bein des Vaters war seltsam verdreht. Der Unterschenkelknochen ragte oberhalb des Fußes aus der Haut. Dorothea kam laut schreiend den Gartenweg hinauf.

»Schnell, lauf zum Arzt, Jungchen.«

Seine Mutter würde auf den Brief anders reagieren als sein Vater und genau sie war jetzt die maßgebliche Erziehungsberechtigte.

Hans legte den Brief auf den Tisch im Esszimmer.

»Was ist das?«, fragte seine Mutter.

»Hat mir meine Klassenlehrerin mitgegeben.«

»Hast du wieder etwas angestellt?«

»Nicht dass ich wüsste.«

Margot setzte sich ihre Lesebrille auf und öffnete den Brief mit einem Küchenmesser. Als sie das Schriftstück aus dem Kuvert zog, begann Hans' Herz wie verrückt zu schlagen, geradeso, als wolle es seine Brust sprengen und sich auf und davon machen. Aufmerksam las sie Zeile für Zeile, während Hans auf seinem Stuhl unruhig hin und her rutschte.

»Hier steht, deine Versetzung ist gefährdet, wenn deine schulischen Leistungen nicht besser werden. Besonders in Mathematik. Das hast du doch mit deinem Vater geübt.«

»Aber ich habe es nicht verstanden!«

»Was hast du nicht verstanden?«

»Das Subtrahieren.«

»Ihr habt doch an diesem Tisch gesessen. Hast du deinem Vater gesagt, dass du es nicht verstanden hast?«

»Ja, habe ich.«

»Und?«

»Er wurde wütend.«

Das war zugebenermaßen untertrieben. Mit seinem Vater an einem Tisch zu sitzen, war wie gefährliches Gebiet zu betreten. Jede Unachtsamkeit, jeder Fehltritt konnte verheerende Folgen nach sich ziehen. Ohrfeigen oder Kopfnüsse waren in dieser Landschaft noch das kleinere Übel.

In so einer Situation konnte er einfach nicht nachdenken. Es war, als hätten sich seine Gedanken an einem unauffindbaren Ort versteckt und ließen ihn leer und furchtsam zurück.

»Du hohle Nuss!«, schrie sein Vater und klatschte ihm mit der flachen Hand auf den Hinterkopf, sodass seine Stirn auf die Tischplatte knallte.

»Was soll nur aus dir werden?«

Hans zitterte am ganzen Körper und versuchte, seine Tränen zu unterdrücken, als sein Vater noch einmal ausholte.

»Dumm wie Stroh!«, schrie er und brachte mit seiner Faust die Tischplatte zum Vibrieren. Hans vergrub sein Gesicht in seinen Händen. Margot faltete den Brief zusammen.

»Deine Lehrerin empfiehlt, dich auf eine andere Schule zu schicken. Auf eine Sonderschule.«

Hans stockte der Atem.

»Das werde ich nicht zulassen«, sagte seine Mutter.

Einige Tage später wurde Margot in der Schule vorstellig. Nachdem sie an die Klassenzimmertür geklopft und Hans' Klassenlehrerin ihr unmissverständlich klar gemacht hatte, dass dieser Zeitpunkt nicht geeignet für eine Aussprache war, konterte Margot, auch das Ende eines Klassenausfluges wäre kein geeigneter Zeitpunkt für eine Aussprache gewesen, zumal die gesamte Klasse anwesend war. Darauf wurde auch keine Rücksicht genommen.

Margot wedelte mit dem Brief vor ihrer Nase herum: »Und Sie wagen es, mir diesen Brief zu schicken.«

»Ihr Junge stört den Unterricht. Er ist aufsässig und hat Probleme mit dem Lehrstoff.«

»Mein Sohn wird von seinen Mitschülern gehänselt.«

»Er ist manchmal verhaltensauffällig!«

»Es ist ihre Aufgabe, dafür zu sorgen, dass mein Sohn nicht gehänselt wird.«

»Die Klasse…«

»Ich werde mich direkt an den Direktor dieser Schule wenden. Wenn es sein muss, werde ich beim Kultusminister vorstellig. Eines ist für mich klar. Weder verlässt mein Sohn diese Schule, noch wird er dieses Schuljahr wiederholen, nur weil Sie ihren Aufgaben nicht gerecht werden.«

»Aber…?«

Die Angelegenheit verlief im Sand. Von einer Versetzungsgefährdung war nicht mehr die Rede. Von einem möglichen Schulwechsel schon gar nicht.

Hermann 1967

Dieser Film hatte es wirklich in sich. Eine Frau namens Helga trat nackt auf. Es war minutenlang wirklich alles zu sehen. Das war schon revolutionär. Hermann saß wie angewurzelt im Kinosessel und wagte nicht einmal, zu Margot hinüber zu sehen, die ebenfalls bewegungslos auf die Leinwand starrte.
Sie hatten sich nach Jahren wieder einmal entschlossen, zusammen ins Kino zu gehen. Seit sie einen Fernseher besaßen, fand ein Kinoerlebnis nicht mehr statt.
Margot hatte mit ihrem Sohn Hans vor kurzem *Doktor Schiwago* gesehen und dabei wieder Blut geleckt. Der abgedunkelte Saal, die große Leinwand, die absolute Konzentration auf das bewegte Bild, der Sound, der den ganzen Saal erfüllte. Als sie in der Tageszeitung dann von *Helga* las, kostete es sie wenig Überredungskunst, Hermann von einem gemeinsamen Kinobesuch zu überzeugen. Gegen nackte Frauen auf der Leinwand hatte er keine Vorbehalte. Die Darstellung einer Geburt auf der Leinwand war schon ein anderes Kaliber. Hermann wollte zuerst den Blick abwenden, dann siegten jedoch Neugierde und Faszination.

Er griff mit beiden Händen die Lehne des Kinosessels, fühlte den Stoffbezug auf den Handinnenflächen und blieb standhaft. Wie so ein kleines Wesen das Licht der Welt erblickte, hatte er noch niemals gesehen. Eine völlig fremde Welt tat sich vor ihm auf....und er hatte einiges gesehen und erlebt in seinem über vierzig Jahre währenden Leben. Aber das hatte, zumindest in seinen jungen Jahren, weniger mit der Entstehung von Leben, vielmehr mit dessen Auslöschung zu tun. Tote Menschen hatte Hermann schon viele gesehen.

»Jetzt brauche ich erst mal einen Schnaps«, sagte Hermann, als sie den Kinosaal verließen.

»Wir könnten noch ins *Rössle* gehen auf einen Absacker.«

Auch Margot war von dem Filmgeschehen beeindruckt und mochte nicht gleich nach Hause gehen.

Wie neulich, als sie Dorothea noch einmal in *Doktor Schiwago* begleitet hatte, nachdem sie der alten Frau vorher den Mund wässrig gemacht hatte. Aber Dorothea vertrug den Film absolut nicht und war kurz vor einem Nervenzusammenbruch. Es waren die Erinnerungen, die plötzlich wie geisterhafte Gestalten nach ihr griffen. Die Szenen in dem Zug glichen der Deportation, der Schnee und die grimmige Kälte erinnerten an die nur mühsam überstandene Flucht aus der kalten Heimat. In den drei Stunden, die der Film dauerte, kam alles wieder in ihr hoch, und das war schwer zu ertragen. Wäre Margot nicht dabei gewesen, hätte sie den Kinosaal fluchtartig verlassen. In der darauffolgenden Nacht konnte sie lange nicht einschlafen.

Margot und Hermann saßen im Dämmerlicht auf Barhockern: eine einmalige Erfahrung. Hermann kippte seinen Schnaps in einem Zug.

»Warst du hier neulich mit Dorothea?«

»Wir saßen dort hinten auf der Eckbank. Ich habe ihr einen Grog ausgegeben. Die Arme zitterte wie Espenlaub.«

»Das war keine so gute Idee mit dem Film.«

»Das konnte ich nicht ahnen.«

Hermann schnippte mit den Fingern nach dem Wirt.

»Noch ein Bier…und einen Schnaps.«

Dann sah er fragend zu Margot hinüber, die aber eine abwehrende Handbewegung machte: »Nein danke, ich habe genug für heute, und du solltest auch vorsichtiger sein.«

»Bitte keine Vorwürfe…nach diesem Film.«

»Was hat denn bitte dieser Film damit zu tun?«

»Na ja, nach dieser intimen Lehrstunde.«

Margot griff nach ihrer Handtasche, die neben ihr auf dem Tresen lag und nahm einen Lippenstift heraus. Doch anstatt ihn zum Mund zu führen, kritzelte sie damit ein Herz auf ihren Bierdeckel.

»Das sind ja ganz neue Töne.«

Hermann wischte sich den Bierschaum von den Lippen. Er spürte plötzlich ein lang vermisstes Kribbeln in seinen Lenden, ein samtenes Gefühl, wie kurz vor dem Einschlafen von Gliedmaßen.

»Na ja, wenigstens hast du einmal eine Ahnung bekommen, was wir Frauen alles erdulden müssen.«

Hermann nahm einen kräftigen Schluck Bier: »Wie bitte soll ich das denn jetzt verstehen?«

Das Kribbeln in seinen Lenden ließ nach.

»Männer könnten die Schmerzen nicht ertragen, die eine Frau bei der Geburt über sich ergehen lassen muss.«

Hermann dachte darüber nach, warum dieser Vorgang ihn zutiefst verstörte. Er kam zu keinem Ergebnis. Säuglinge blieben ihm fremd, wie auch die Annäherung an dieses kleine Wesen, geprägt von Achtsamkeit und Unsicherheit. Nur auf Aufforderung war es ihm möglich, das kleine Bündel Mensch auf seine Arme zu nehmen, es vorsichtig zu wiegen.

Die Gewöhnung vollzog sich mit dem Wachstum, mit den ersten Schritten, wenn die kleinen Hände den Finger seiner Hand umschlossen, sich ihm anschlossen.

Später zeigte er dem neugierigen Jungen die Welt – seine Welt – bis wieder eine Entfremdung am Horizont auftauchte: Widerworte, die aus dem kleinen Mund rollten wie kleine Kugeln, die schmerzhaft auf der Haut seines Gegenübers aufschlugen.

Das war der Zeitpunkt, an dem Hermann von den Erinnerungen an seine Kindheit geplagt wurde. Allerdings war er nicht in der Lage, sich in die Position eines Kindes zu versetzen. Vielmehr erschien ihm das Verhalten seines Vaters, eines jähzornigen und verbitterten Mannes, wie eine Blaupause für sein eigenes Verhalten. Er saß in der Falle, in der Rolle des Erziehers; mit seinem Vater als Lehrmeister, was fatale Auswirkungen auf das Verhältnis zwischen ihm und seinem Sohn hatte. Er fühlte, dass sich etwas aufbaute: eine unsichtbare Wand zwischen ihm und seinem Kind. Eine Wand, vor der er hilf- und verständnislos verharrte.

Der dramatische Schlusspunkt war das Erlebnis mit seinem Sohn in der Schwimmhalle. Er wollte, dass Hans endlich schwimmen lernte. Eine Ewigkeit schon paddelte der Junge mit seinen Schwimmflügeln und einem Schwimmgürtel in dem kleinen Nichtschwimmerbecken und schien den Anweisungen seines Vaters kein Gehör zu schenken. Der Junge war nicht in der Lage, seine Angst vor dem Wasser zu überwinden. Die Beteuerungen, dass das Wasser ihn bei der richtigen Körperhaltung trage, ignorierte er ständig.

Als dann Ferdi, sein Schwiegersohn, beim Schwimmen anwesend war, geschah es. Sie betraten nach dem Duschen die Schwimmhalle. Hermann hielt die Schwimmhilfen seines Sohnes in der Hand. Hans balancierte spielerisch am Beckenrand entlang. Jetzt oder nie. Nun wollte Hermann aller Welt demonstrieren wie selbstständig sein Sohn schwimmen konnte. Mit der rechten Hand gab er dem Kind einen Schubs. Der junge kippte lautlos ins Wasser und versank wie ein Stein. Hermann rief: »Los, schwimm!«

Er starrte wie gebannt auf die Wasseroberfläche, dann vernahm er ein Platschen neben sich und sah, wie Ferdis Körper ins Wasser eintauchte und wenig später mit dem prustenden, nach Luft schnappenden Kind wieder auftauchte. Nach diesem Ereignis begleiteten weder Ferdi noch der Junge ihn je wieder zum Schwimmen.

Der Wirt schenkte Schnaps nach, und Hermann kippte ihn in einem Schluck. Etwas hatte sich verändert. Die Welt war verschwiemelt.

»Trink nicht so viel«, mahnte Margot ihn, »worüber denkst du denn so angestrengt nach?«

»An Hans und seine Schwimmversuche.«

»Oh je. Die Geschichte in der Schwimmhalle! Das ist doch schon so lange Geschichte. Hans ist inzwischen im Schwimmverein. Er hat es sich alles selbst beigebracht.«

»Ich weiß. Seitdem komme ich an den Jungen nicht mehr heran.«

»Das hast du dir selbst zuzuschreiben. Mit deinen ganzen Strafaktionen, die du vom Stapel gelassen hast. Mir fällt da spontan die Comicverbrennung ein.«

»Weil er in der Schule Probleme hatte. Er sollte endlich mal etwas vernünftigen lesen; nicht diesen Schund.«

»So wie du? Wann hast du dein letztes Buch gelesen?«

Hermann machte eine wegwerfende Handbewegung. In Zeitlupe. Er war jetzt restlos betrunken. Margot wusste was zu tun war. In keinem Fall durfte sie den reizbaren Mann weiter provozieren. Sie hätte sich einen anderen Ausgang dieses Abends gewünscht. Aber sie musste sich eingestehen, dass die Abende häufig so endeten: Hermann betrunken in seinem Fernsehsessel schlafend.

»Wir sollten nach Hause gehen. Es ist schon spät.«

Hermann schielte umständlich auf seine Armbanduhr.

»Diese Helga hatte eine tolle Figur«, bemerkte er, während er sich den Bierdeckel mit Margots gemaltem Herzchen in die Hosentasche steckte.

Dann rief Margot couragiert in eine Runde von Männern hinein, die gerade die Kneipe betraten: »Entschuldigt bitte, könnt ihr mir dabei helfen, meinen Mann vom Barhocker zu hieven?«

Margot 1970

Berlin hatte seine Studentenunruhen. Im Ländle war davon nichts angekommen, allenfalls die bewegten Bilder im Fernsehen, die bei Hermann und Margot nur Fassungslosigkeit auslösten. Was hatten all diese pöbelnden Menschen auf der Straße zu suchen. Die mussten sich nicht wundern, wenn sie von der Straße geschossen wurden. Die Wasserwerfer der Polizei verrichteten den Aufräumdienst.

Von der sogenannten sexuellen Revolution allerdings blieben einige Fetzen an Margot und Hermann hängen.

Margot konnte nicht mehr sagen, wann es genau angefangen hatte. Mit den allzu offenherzigen Erzählungen von Gisela vielleicht, die in ihren Psychoseschubpausen offenherzig über ihre Sexualität mit Ferdi berichtete. Sie erzählte ihrer Mutter alles, bat aber natürlich um Verschwiegenheit.

Das Ganze lief unter dem Motto *Frauengespräche*, wobei der Begriff Gespräch nicht zutraf, weil Margot ihrer Tochter nichts entgegensetzen konnte. Wenn sie darüber nachdachte, war da nur ein Vakuum. Dennoch, und das konnte sich Margot kaum zugestehen, weckten diese Erzählungen gewisse Begehrlichkeiten. Dazu kamen die jetzt wieder häufigeren Kinobesuche: *Helga* war erst der Anfang einer riesigen Aufklärungswelle, die über das ganze Land schwappte und sogar Stuttgart erreichte. Da wurde den Menschen ein Werkzeug in die Hand gegeben, ohne dass ihnen jemand gesagt hätte, wie man damit umgeht. Oder nicht? Nein, das stimmte nicht ganz. Es war wohl eher so, dass man versuchte, sie eine andere Sprache zu lehren im Umgang mit sexuellen Dingen, die immer schon, ihr ganzes bisheriges Leben, ein riesiges Tabu darstellten. Und das Lernen dieser Sprache war ein großes Hindernis. Schwierig. Jedenfalls wurde in dieser Zeit etwas in Margot ausgelöst, das sie selbst nicht so richtig begriff, es eher verstand wie eine Art Hypnose, eine Fernsteuerung, die sie irgendwann zum Kiosk am Ostendplatz führte, um die *St. Pauli Nachrichten* zu bestellen. Die darin enthaltenen Kontaktanzeigen enthielten Nacktfotos unterschiedlichster Menschen. Eine andere Welt.

Vielleicht war es einfach nur Neugierde, die sie das Blatt regelmäßig lesen ließ – als Pendant zu ihrer eigenen ereignislosen Welt: der stumpfsinnigen Arbeit in der Fabrik, den Arbeitskollegen die ihr wie Ölgötzen vorkamen, denen immer dieselbe Litanei über die Lippen kam. Anzügliche Bemerkungen, die ständig in der Werkshalle kursierten, waren nicht mehr an ihre Adresse gerichtet. Für die Männerwelt schien sich ihr Körper langsam aufzulösen. Mit sexuellen Attributen war er lang nicht mehr bedacht worden. Sie war eine Frau in den Wechseljahren. Die Ehejahre hatten ihr physisch zugesetzt. Sie hatte mehr als genug Pfunde auf den Rippen, die ihren sexuellen Marktwert nicht gerade steigerten. Also, was solls, dachte sie sich. Oder auch nicht? Es herrschte große Verwirrung in ihrem Gefühlspool.

Sie hatte sich im Frühjahr, im Urlaub in Vorarlberg, einen Virus eingefangen. Vermutlich durch einen Insektenstich ausgelöst. Ihr Gesicht war zu einer unförmigen Masse angeschwollen, unter der ihre Augen und die Nase verschwanden. Es war wie eine Verwandlung: vom Menschen in ein Monstrum.

Während ihrer Zeit im Krankenhaus in Bludenz, in dem die Ärzte mit Medikamenten an ihr herumexperimentierten, kreisten ihre Gedanken ständig um die Erkenntnis, dass sie nun zu dieser Person, zu diesem deformierten Wesen, geworden war, dass sie schon immer in sich fühlte. Ihr Inneres hatte sich nach außen gekehrt, für alle Welt sichtbar.

Hermann hatte sie in dieser Zeit allein gelassen und war nach Hause, zu seiner Arbeit zurückgekehrt, was wahrscheinlich auch richtig war, denn er konnte ihr nicht helfen. Aber richtig angefühlt hatte sich seine Abreise nicht.

Seltsamerweise fiel in diese trostlose Zeit, die sie still im Bett verbringen musste; in diese Zeit, in der es weder Tag noch Nacht gab, eines ihrer schönsten, intensivsten Erlebnisse.

War es ein Traum oder Wirklichkeit?

Es begann mit einem tänzelnden Pferd, ohne Reiter. Auf einer Blumenwiese. Ein Bild wie eine Vision.

Hermann und sie hatten in den Tagen vor ihrer Erkrankung ein Gestüt besichtigt. Es war ein warmer Sommertag. Die Insekten schwirrten wie aufgebracht um sie herum. Ein ständiges Summen hatte sich in ihren Gehörgängen eingenistet.

Dieses Summen begleitete auch das tänzelnde Pferd, obwohl Insekten nicht zu sehen waren. Margot betrachtete das Pferd: seine aufgeblähten Nüstern, den wirbelnden Schweif, den zurückgenommenen Kopf mit den gebleckten Zähnen. Eine bestimmte Art von Erregtheit, die sie auch auf dem Gestüt beobachtet hatte, während sich ein anderes Pärchen zu ihnen gesellte. Der Mann sagte zu seiner

Begleiterin: »Pass auf, der Hengst packt gleich aus.«

Da sah Margot, wie sich ein schwarzes rohrähnliches Gebilde aus dem Bauch eines Hengstes schob und als dickes Tau zwischen den Hinterläufen des Tieres pendelte, bis es sich schließlich versteifte und wie eine Peitsche gegen den Bauch des Tieres klatschte. Dann sprang das Pferd plötzlich auf den Rücken eines anderen Pferdes. »Mein lieber Scholli«, rief der Mann neben ihnen.

Das Pferd in Margots Traum besaß kein Geschlechtsteil. Margots Augen suchten instinktiv die Bauchdecke des Tieres ab. Bei einer tänzelnden Drehung wanderten sie am Körper des Tieres entlang. Das Tier zog seine Nüstern nach oben, legte sein Gebiss frei und stand Sekunden regungslos in der Landschaft, während Margots Augen sich in seinem Fell vergruben, das glänzte wie seidiger Pelz.

Dann geschah es. Etwas in ihr. Sie wusste nicht, ob sie sich versehentlich berührt hatte, sich unbemerkt berührt hatte, aber es stieg in ihr hoch, immer höher, wie eine unterirdische Fontäne. Dann explodierte sie, zersprang in tausend Teilchen, die wie Glasperlen gegen die Wände ihrer Höhle prallten.

Nach drei Wochen schälte sich ihr altes Gesicht langsam wieder aus der Fratze und Margot durfte die Klinik verlassen.

Nach einiger Zeit kehrte die Krankheit zurück. Diesmal zu Hause, während sie auf ihrer Gartenbank saß. Unter dem Sonnenschirm quoll ihr Gesicht auf, als wäre es ein Luftballon, den eine unbekannte Macht langsam aufblies. Diesmal behandelte sie der Hausarzt. Nach sorgfältigem Studieren ihrer Krankenakte hielt er einen Krankenhausaufenthalt für nicht notwendig. Er verordnete allerdings Bettruhe. Er geleitete sie mit Hermanns Hilfe ins Schlafzimmer, gab ihr eine Spritze und versprach, häufig nach ihr zu sehen. Ihre Augen waren zugewachsen. Sie konnte sich nur tastend im Haus bewegen auf ihrem kurzen Gang zur Toilette.

Meistens lag sie in ihrem Bett, im abgedunkelten Schlafzimmer, mit weit geöffnetem Fenster. Draußen war Sommer. Hermann hatte sich im Wohnzimmer eine Liege aufgestellt. Manchmal verirrte sich ein Insekt ins Zimmer, schwirrte unruhig um sie herum, bis es den Ausgang wiederfand.

Wieder war Margot mit sich allein. Diesmal sah sie kein tänzelndes Pferd, sondern etwas anderes, etwas Unbestimmtes, das Ähnlichkeit mit einem Geist hatte. Etwas Unsichtbares, dessen Präsenz jedoch spürbar war, wie ein Windhauch auf der Haut: überall an ihrem Körper außer auf ihrem geschundenen Gesicht. Der Windhauch blies in ihren Unterleib und wirbelte in ihm herum, wuchs sich aus zu einem Sturm, der alles an ihr zum Beben brachte. Nach diesen wiederkehrenden Erlebnissen sank sie zusammen wie ein Ballon aus dem die Luft entwichen war. Sie wollte nie wieder aufstehen.

Nach drei Wochen war alles überstanden und sie kehrte in ihr normales Leben zurück. Die Bettwäsche und Laken wurden gewechselt. Hermann klappte seine Liege zusammen und zog wieder in das gemeinsame Schlafzimmer. Der Windhauch streifte sie nicht mehr.

Eines Tages öffnete sie die Tür zum Badezimmer und stand unvermittelt ihrem Sohn Hans gegenüber, der mit erigiertem Glied verdutzt und erschrocken vor ihr stand.

»Oh«, entfuhr es ihrem halb geöffneten Mund. Sie drehte sich um und verließ fluchtartig den Raum. Einen Moment später, in der Küche, mit Geschirr hantierend, wusste sie gar nicht mehr, was sie gesehen hatte. Weder mit Hans noch mit Hermann sprach sie jemals über den Vorgang.

Im Laufe des kommenden Jahres versiegte der Brunnen ihrer Sexualität langsam. Ihre

Wechseljahre begannen, mit all den befürchteten Torturen. Zwischenzeitlich machte ihr ein junger Arbeitskollege Avancen. Zumindest glaubte sie das, weil er ständig den Blickkontakt zu suchen schien. Er hieß Robert und war mindestens zwanzig Jahre jünger. Er arbeitete im selben Gang ihrer Werkshalle. Sie wechselten bis zum Herbst des Jahres einige Sätze miteinander und manchmal warf er ihr schmachtende Blicke zu.

Im Winter, nach den ersten heftigen Schneefällen, kam es einige Meter vor der Werkshalle zu einem schrecklichen Unfall. Ein voll beladener LKW versuchte rückwärts zu den Laderampen zu stoppen. Ein junger Mann rannte am Anhänger vorbei, rutschte auf dem glatten Bodenbelag aus und geriet mit seinem Kopf unter die Räder des Anhängers. Die Reifen ließen seinen Kopf platzen wie eine reife Melone. Es war Robert.

Margot verließ nur wenige Minuten später die Werkshalle und wunderte sich über den aufgeregten Menschenauflauf. Der Fahrer raufte sich erschrocken die Haare. Was sie dann mit eigenen Augen sah, konnte sie nie wieder vergessen.

Hans 1973

Mara war eingeschlafen und Hans stand vor der Anbauwand seines Jugendzimmers. Auf dem oberen Regalboden standen Reliquien seiner Kindheit. Hans' Blick fiel auf den kleinen Plüschaffen: der klatschende Affe mit den zwei goldfarbenen Becken, die wild gegeneinander schlagen, wenn man den Mechanismus in seinem Rücken aufzog. Der Affe besaß eine Eigenart, die Hans als Kind faszinierte. Er bewegte sich, wenn er mit den Becken klatschte und rutschte über den gebohnerten Fußboden oder den gewischten Küchentisch. Besonders gerne setzte er ihn auf den Tisch, in die Nähe der Tischkante, von der er regelmäßig herunterfiel. Mal plump mit dem Zylinder nach vorne, mal mit leichtem Überschlag. Ein großer Spaß.

Der Affe war ein Weihnachtsgeschenk vor Urzeiten, wahrscheinlich Ende der fünfziger Jahre. Vielleicht zusammen mit dem Kettenkarussell aus Blech? Das Karussell und der Affe! Eine große Freude nach dem obligatorischen Weihnachtsgedicht, das er stotternd und schwitzend dem großen Mann mit dem weißen Bart vortrug. Dem Mann, der ihn immer strafend ansah, als müsse er ein schlechtes Gewissen haben wegen der noch unentdeckten Schandtaten, die er bis zu diesem Zeitpunkt erfolgreich zu verheimlichen gewusst hatte.

Es war eine nachtschwarze, dunkle Zeit, in der er sich wie ein kleines, scheues Tier bewegte. Immer auf der Hut, sich vorsichtig vorwärts tastend, nach der nächsten Deckung spähend. Aber der Weihnachtsmann sah alles. Nachdem er der Rute entgangen war, dem Reisigbund oder dem Ochsenziemer, den der Weihnachtsmann immer in der Hand hielt, bevor er den Jutesack öffnete und die Geschenke herausfischte, hellte sich sein kleines Gesicht auf und begann im Schein der Kerzen zu strahlen.

Einige Jahre später entdeckte er, dass der Weihnachtsmann sein Vater war. Er erkannte ihn an den Filzpantoffeln. Nein, es waren keine Pantoffeln, sondern geschlossene Filzschuhe, schwarz oder grau, aus denen der Vater nicht so ohne weiteres schlüpfen konnte. Das ging nur, wenn er mit dem anderen Fuß auf die hintere Sohlenkante trat und dann den Fuß aus dem Schuh hob. Hans behielt diese Entdeckung erst einmal für sich. Er spielte das Spiel mit und gab sich naiv und unschuldig. Andererseits war er enttäuscht, wie jemand der hinter ein Geheimnis gekommen war und nun mit leeren Händen dastand.

Der Vater ahnte nichts von dem Wissen seines Sohnes und spielte seine Rolle weiter, bis Hans eines schönen Weihnachtstages die Katze aus dem Sack ließ und den mächtigen Weihnachtsmann, der sich vor ihm aufgebaut hatte, Papa nannte. Darauf folgte sekundenlanges betretenes Schweigen, dann zaghaftes Kichern, schließlich lautstarkes Gelächter. Der Vater versuchte, sich heraus zu reden, indem er sich als Vertretung des Weihnachtsmannes ausgab. Aber für Hans war die Glaubwürdigkeit dahin.

Fortan lagen die Geschenke schon unter dem Weihnachtsbaum, wenn sich die Familie am Heiligen Abend darum versammelte. Der Zauber war verpufft, aber auch die Angst hatte sich verflüchtigt.

Jetzt hielt Hans die kleine Dampflokomotive in der Hand, die von seiner Modelleisenbahn übriggeblieben war. Weihnachten 1960 kam sein Vater mit einer Sperrholzplatte um die Ecke. Sein Arbeitskollege Willy half beim Tragen. Im Esszimmer wurde unter dem Fenster zum Balkon Platz geschaffen und zu zweit hievten sie die Platte auf zwei Holzböcke. Es war das Jahr, in dem Hans nicht mehr an den Weihnachtsmann glaubte. Schon lange nicht mehr. Kleine Metallschienen wurden zu einem kreisrunden Verbund zusammengesteckt: eine eingleisige Strecke mit einem Ausweichgleis auf Höhe des Bahnhofs. Dann mussten die beiden Weichen an den Enden des Ausweichgleises montiert werden. Der Vater bohrte Löcher in die Platte, damit er die Kabel durchführen konnte. Weitere Bohrungen waren nötig für die Beleuchtung der Plastikhäuser, des Bahnhofs und der Straßenlaternen.

Hans bewunderte das handwerkliche Geschick seines Vaters, während er selbst kleine Handreichungen machen durfte. Schraubendreher, kleine Zangen und auch ein Messer wechselten zwischen Vater und Sohn hin und her. Die Häuser, die ganze Dekoration, waren ausschließlich als Bausatz erhältlich. Jedes Haus musste akribisch gesteckt und zusammen geklebt werden. Eine zeitraubende, diffizile Angelegenheit. Am Ende gab es einen freudigen Aufschrei, als alles zum Laufen gebracht worden war. Es war einer der seltenen Gelegenheiten, in dem er seinen Vater freudig umarmen und an sich drücken konnte.

Im Laufe der nächsten Jahre wurde die Anlage erweitert und das Zubehör ergänzt. Hans erinnerte sich an eine Mühle, deren Flügel sich langsam drehten, an einen Berg aus

Sackleinen, der mit Kleister und Leim bearbeitet werden musste; an einen Bahnübergang, dessen Schranken herunterklappten, wenn ein Zug darüberfuhr. Auch seine kleine Dampflokomotive blieb nicht lange allein. Bald gab es einen roten Schienenbus mit Beiwagen, der allerdings bald Ärger machte, und nie so richtig reibungslos fuhr. Aber seine alte Diesellokomotive V 200 leistete ihm gute Dienste. Trotzdem verlor Hans mit der Zeit das Interesse an der Anlage. Die Schienen wurden abgebaut, alles sauber verpackt und auf dem Dachboden verstaut.

»Was machst du da?«

Mara hatte ihre Augen geöffnet. Ihr schläfriger Blick war auf die Lokomotive gerichtet:

»Ach wie schön. Mein großer Bruder besaß auch so eine Lokomotive. An Weihnachten durfte er rund um den Weihnachtsbaum seine Gleise in der Stube verlegen. Nach den Feiertagen musste alles wieder abgebaut werden. Wir hatten nicht den Platz für eine richtige Anlage.«

Hans stellte die Lokomotive ins Regal zurück.

»Den Rennwagen von meiner Carrera Rennbahn gibt es nicht mehr. Er ist irgendwann verlorengegangen. Die Rennbahn war ohnehin nicht mit meiner Eisenbahnanlage zu vergleichen. Hatte keinen Charme. Naja, die Unschuld der frühen Jahre war vorbei.«

»Apropos frühe Jahre. Dein Vater hat sich wenigstens mit dir beschäftigt, mit dir gebastelt. Ich wollte, meiner hätte solche Einfälle gehabt.«

Hans war seit ein paar Monaten mit Mara befreundet, die eigentlich Marianne hieß. Aber der Name Mara (eine Figur aus einem Henry Miller Roman, wie Marianne damals behauptete) klang exotischer und geheimnisvoller und entsprach eher ihrem Wesen und Temperament.

Mara hatte Hans damals in einer Nacht angesprochen, die nicht verheißungsvoll begonnen hatte. Sie war mit ihrer Mädchenclique unterwegs: einer dieser ereignislosen Abende voller Geschwätz, Alkohol und nicht gestillter Lust. Als sie ihn entdeckte, strahlte er etwas aus, das ihr vertraut schien.

»Hallo Fred!«

Hans schaute ihr verdutzt ins Gesicht.

»Du verwechselt mich mit jemandem!«

Dann schmunzelte er über seine nicht sehr originelle Antwort und war schon in ihrem Spinnennetz gefangen… ohne Schmerz.

In der ersten Zeit telefonierten sie fast täglich, als wollten sie sich gegenseitig die Welt erklären und waren selbst erstaunt, wie viele

Worte sie dafür benötigten. Manchmal genossen sie auch ihre Sprachlosigkeit. Dann hörten sie in seinem kleinen Jugendzimmer Schallplatten: Cat Stevens und Elton John, hoch und runter. Ganz ruhig lagen sie nebeneinander und lauschten der Musik: *I listen to the Wind, to the Wind of my Soul.*

Mara rieb sich ihre Augen: »Redet ihr eigentlich wieder miteinander. Dein Vater und Du?«

»Nicht dass ich wüsste.«

»Ihr seid beide verfluchte Sturköpfe.«

»Na hör mal. Ich lasse mich nicht mehr von ihm schlagen. Die Zeiten sind endgültig vorbei.«

»Es ist doch nichts passiert.«

»Weil ich es verhindert habe. Ich habe ihn gewarnt, dass etwas Schlimmes passieren würde, wenn er es wagen würde… Ich bin stärker als er und inzwischen einen Kopf größer.«

»Und?«

»Seitdem spricht er nicht mehr mit mir. Er lässt mir wichtige Dinge über meine Mutter ausrichten.«

»Oh je.«

»Mein Vater wird froh sein, wenn ich demnächst die Kurve kratze.«

»Hör auf. Du weißt, das ist ein Reizthema.«

Mara hatte sich auf der Couch aufgerichtet und sah angriffslustig zu Hans hinüber, der an dem kleinen Plattenspieler herumfingerte. *All Things must Pass* von George Harrison drehte sich auf dem Plattenteller.

»Ist das die LP, auf der George Harrison mit seinen Gartenzwergen abgebildet ist?«

»Genau. Außerdem die Platte, die ich mir von meinem ersten ersparten Geld gekauft habe. Meine erste LP überhaupt.«

Mara war aufgestanden. Oberhalb ihres geblümten Slips war sie nackt: »Hast du die Tür abgeschlossen?«

»Natürlich.«

»Ich möchte nämlich keine unliebsamen Überraschungen mehr erleben.«

Einige Tage zuvor wurden sie von Dorothea überrascht, die ohne anzuklopfen plötzlich im Zimmer stand. Mit der Frau, die dort nackt vor ihr stand, konnte sie überhaupt nichts anfangen. Mit einem Aufschrei verließ sie fluchtartig das Zimmer, als wäre ihr ein böser Geist begegnet. Sie war ohnehin auf jede Frau eifersüchtig, die in Hans' Umgebung auftauchte. Natürlich ließ auch ein entsprechender Kommentar zu diesem Ereignis nicht lange auf sich warten. Wie könne er sich nur mit einer dermaßen schamlosen Person abgeben, lautete Dorotheas endgültiges Urteil.

»Du darfst ihr das nicht übelnehmen. Sie ist eben eifersüchtig. Eine einsame, alte Frau. Meine Oma und ich waren früher eine richtige Symbiose. Sie hat mich praktisch großgezogen. Ich habe bis zu meinem zwölften Lebensjahr in ihrem Zimmer geschlafen. Dann habe ich mich schmerzhaft abgenabelt.«

»So?«

»Ja, ich zog in mein Jugendzimmer, zwei Stockwerke über ihr, und begann mein eigenes Leben. Von da an habe ich nur noch selten bei ihr vorbeigeschaut.«

»Du warst plötzlich kein lieber, fügsamer Junge mehr.«

»Richtig.«

»Das ist schwer für einen alten Menschen zu verkraften.»

»Hat sie denn keine Freundin mehr?«

»Ihre einzige Bekannte, eine Frau Baer, ist vor Jahren gestorben. Außerdem ist sie praktisch Analphabetin.«

»Ach Gott, man kann ihr also nicht einmal ein Buch empfehlen?«

»Nein, sie ist gerade einmal in der Lage, ihren Namen zu schreiben.«

»Wie ist das möglich?«

»Ich weiß es nicht. Ich habe nie mit ihr darüber gesprochen. Als Kind waren mir diese

Defizite nicht bewusst. Später hat es mich nicht mehr interessiert.«

»Kinder können grausam sein.«

»Vor ein paar Jahren hat sie zu allem Übel auch noch mit dem Trinken angefangen. Der *Klosterfrau Melissengeist* wurde ihr fast zum Verhängnis.«

»Meine Güte!«

»Sie hat sich das Zeug warm gemacht, mit Zucker versetzt und dann heimlich getrunken.«

»Also habt ihr zunächst gar nichts bemerkt?«

»Na ja, sie hatte öfters einen glasigen, abwesenden Blick. Das ist schon aufgefallen.«

»Ihr hätte was passieren können.«

»Meistens lag sie im Bett und plapperte vor sich hin.«

»Die arme Frau. Wie lange ist sie den schon bei euch?«

»Seit meinem ersten Lebensjahr.«

»Also fast zwanzig Jahre.«

»Sie hat Angst, mich zu verlieren«, sagte Hans.

»Sie verliert dich ohnehin. Du lässt alle deine Frauen im Stich.«

»Wieso?«

»Du verlässt demnächst die Stadt und lässt uns alle zurück.«

»Das ist ja nicht freiwillig. Wie du weißt, werde ich zur Bundeswehr eingezogen.«

»Ans andere Ende von Deutschland.«

»Ich hatte darauf keinen Einfluss.«

»Du hast mir erzählt unbedingt zur Marine zu wollen. Die Nord- oder Ostsee befindet sich nun mal nicht in Bayern oder Baden-Württemberg.«

»Das ist richtig. Ich habe das Gefühl, alles hinter mir lassen zu müssen.«

»Sicher…Mister Jack London. Denk bloß nicht, dass ich auf dich warte.«

Mara zog ihren BH aus eines der zusammengewürfelten Kissen, legte ihn an und fingerte nach ihrer Bluse, die über dem Stuhl hing.

»Lass uns jetzt bitte nicht streiten.«

»Ich streite mich nicht mit dir. Ich treffe nur Feststellungen.«

Das war in letzter Zeit immer ein wunder Punkt, auf den jedes längere Gespräch hinauslief. *Isn't it a Pity* sang George Harrison. Hans versuchte, Mara in die Arme zu schließen, aber sie wand sich heraus und stieß ihn sachte weg:

»Du bist einfach ein Egoist, der sich nicht um die Gefühle seiner Mitmenschen schert.«

»Nein, das stimmt nicht. Ich bin mindestens so sensibel, und verletzlich wie du.«

Mara wusste worauf Hans anspielte. Neulich war sie mit einem anderen jungen Mann ausgegangen, ohne Hans etwas davon zu erzählen. Der Typ war allerdings ein ausgesprochener Langweiler, der den ganzen Abend lustlos in seinem Essen herumstocherte. Hans lief den beiden zufällig über den Weg. Er stand zur Salzsäule erstarrt am Tresen des Restaurants und wagte sich nicht an den Tisch der beiden. Als er Mara am nächsten Tag zur Rede stellen wollte, gab es von ihrer Seite ein großes Donnerwetter. Wie er es wagen konnte, hinter ihr herzuspionieren. Sie sei schließlich nicht sein Eigentum. Außerdem schere ihn das ohnehin nicht. Er würde die Stadt verlassen und sie allein zurücklassen, aber sie habe nun einmal beschlossen, nicht alleine zu bleiben und werde ihm sicherlich keine Träne nachweinen.

Am Tag von Hans' Abreise arbeitete sein Vater im Garten. Er stand auf seinen Spaten gestützt; vor ihm ein Gestrüpp, das er offensichtlich einpflanzen wollte. Hans hatte seinen Koffer abgestellt, und sein Vater hatte seine Sprache wiedergefunden.

»Begleitet dich Mara zum Bahnhof?«

»Ja«, antwortete Hans einsilbig.

»Das ist gut. Dann pass auf dich auf und ertrinke nicht in der Nordsee.«

»Inzwischen kann ich schwimmen. Wenn du dich erinnerst!?«

»Ja, inzwischen kannst du schwimmen. Nun denn…«

Sein Vater reichte ihm seine schmutzige Hand. Hans griff nach dem Unterarm seines Vaters und drückte ihn: »Mach's gut Vater.«

Er nahm seinen Koffer und ging, öffnete die Gartenpforte, ohne noch einmal zurückzuschauen.

Am Bahnsteig wartete Mara auf ihn. Sie hatte ihr Versprechen inzwischen anders interpretiert, ihn nicht zum Bahnhof begleitet, aber vor den Gleisen auf ihn gewartet.

Zuerst standen sie unschlüssig und stumm auf dem Bahnsteig. Hans hatte seinen Koffer vor seinen Füssen abgestellt. Als dann der Zug einrollte flossen bei Mara die Tränen. Sie konnte gar nichts dagegen tun. So was Albernes, dachte sie, ich sehe eine Lokomotive und fange an zu weinen. Als Hans sich ihr zuwandte, stieß sie ihn zurück.

»Wage es bloß nicht, mich jetzt anzufassen.«

Hermann 1973

Hermann saß am Esstisch. Vor sich ein weißes, liniertes Blatt Papier auf einer Unterlage. In seiner rechten Hand hielt er leicht angewinkelt einen Kugelschreiber. Nach kurzer Überlegung schrieb er an den oberen Rand das Datum: 2.8.1973. Soweit war er zumindest schon gekommen. Der Junge hatte sich fast vier Wochen Zeit gelassen für ein erstes Lebenszeichen. Dann war ihnen ein Brief ins Haus geflattert, in dem er sich über den niedrigen Sold beschwerte, also im Grunde ein Bettelbrief. Herrgottnochmal, was sollte er darauf antworten?

Nach einer kurzen Anrede schrieb er dann: *Erinnerst du dich manchmal an meine Worte: Spare in der Zeit, so hast du in der Not.*

Er war sich nicht sicher, ob er auf die Art einen Brief beginnen sollte. Andererseits war es genau das, was er fühlte. Er war nicht bereit, aus seinem Herzen eine Mördergrube zu machen. Der Junge sollte wissen, wie er über die Situation dachte.

Nach einer kurzen Unterbrechung schrieb er, dass es seiner Mutter Margot und ihm gutgehe, erwähnte, dass in kurzer Zeit wieder ein Urlaub in Spanien anstünde und erkundigte sich, wie es seinem Sohn ging: *Werdet ihr ordentlich geschliffen oder ist der Dienst überwiegend human? Was machen die schönen Frauen?* Am Ende steckte er einen 50-DM-Schein in den Briefumschlag.

Bereits vierzehn Tage später saß er wieder an seinem Schreibplatz, um seinem Sohn zu antworten, der sich nach der kleinen Zuwendung wohl genötigt sah, einen ausführlichen Brief zu schreiben, und damit wieder einmal in ein Fettnäpfchen getreten war. Nein, er bat um einen Beschäftigungsnachweis, den sein Vater bei seiner Lehrfirma abholen sollte. Aber das war nicht der Grund, warum Hermann sich so echauffierte. Hans hatte tatsächlich die Traute, nach den Geburtsdaten seiner Eltern zu fragen. Was war bloß mit dem Jungen los?

Hermann schrieb ohne Anrede: *Zuerst etwas Grundsätzliches. Deine Mutter ist am 18.2.1919 geboren und ich am 18.10.1921. Es ist nicht schön, nein verletzend, dass du das offensichtlich noch nicht weißt.*

Hermann ließ den Stift sinken. Er sah aus dem Fenster, direkt auf den kleinen Platz im *Haselbusch*, wo sich sein Sohn immer mit seiner Clique traf, als er noch zu Hause wohnte. Die Jugendlichen palaverten dort stundenlang, debattierten über irgendetwas Unverständliches. Manchmal, wenn er von der Arbeit kam, und an ihnen vorbei ging, stellte er fest, dass die Jugendlichen ihn nicht bemerkten. Es war, als wäre er Luft für sie. Selbst Hans war ganz in sich versunken, in einer anderen, unerreichbaren Welt.

Hermann griff in der Hosentasche nach seinem Taschentuch, weil er spürte wie eine Träne seine Wange hinunterlief. Mit einer energischen Handbewegung wischte er sie weg. Dann setzte er den Stift wieder aufs Papier: *Was machst du jetzt eigentlich? Bist du noch in der Grundausbildung, oder bist du schon eine Tür weiter, denn wie ich deinem letzten Brief entnommen habe, hat sich deine Adresse leicht verändert. Kompaniewechsel?*

Hermann stand auf, ging zur Kommodenschublade, entnahm ihr sein Portmonee und ging damit zurück zu seinem Blatt Papier. Einen Moment schien er zu zögern, dann griff er nach einem Hundert-DM-Schein und steckte ihn in den Briefumschlag.

Dann dachte er daran, den Keller gipsen zu lassen. Eine absolute Notwendigkeit. Danach, spätestens nach dem nächsten Urlaub, müsste die Waschküche renoviert werden, damit in den untersten Räumen endlich wieder Ordnung herrschte.

Margot 1973/1974

Margot wusste, dass sie eine Frau war, die ihren Gefühlen freien Lauf lassen konnte. Sie war eine emotionale Person, nicht erst seit dem Zeitpunkt, an dem ihr Hans, kurz vor seinem Auszug, den Cat-Stevens-Song *Father and Son* vorspielte und ihr den Text übersetzte, worauf sie sofort in Tränen ausbrach. Einfach überwältigt von ihren Gefühlen.

Nicht erst seit dieser Zeit vermisste sie ihren Sohn. Nein, schon viel länger. Eine unbestimmte Zeit, die sich nicht festmachen ließ. Er war wie ein Boot, das, am Ufer vertäut, lange Zeit mit der Landschaft verwachsen schien. Aber irgendwann löste sich das Tau. Das Boot trieb vom Ufer ab, entfernte sich langsam immer weiter und wurde schließlich von einem Strom erfasst, bis es außer Sichtweite geriet.

So in etwa war es, und so ging es weiter. Alles war im Fluss, und am meisten die Zeit.

Nun schrieb sie auf einem dünnen Blatt Papier an ihren Sohn in der Ferne, an ihren Sohn, den sie kaum kannte, außer vielleicht in seiner Kindheit und frühen Jugend. Aber das stand auf einem anderen Blatt. Dennoch spürte sie eine Sehnsucht nach dieser Person, die nun schon fast drei Monate in der Fremde lebte.

Sie traute sich. Sie legte ihre Gefühle offen, schrieb, wie sehr sie ihn vermisse, wie einsam es geworden sei ohne ihn.

Durch die ungewohnt leeren Räumen zu gehen, kostet mich immer noch Überwindung: Dein verlassenes Jugendzimmer ist immer noch eine Herausforderung.

Es ist nicht einfach, auf sich selbst zurückgeworfen zu sein. Als Paar und auch als einzelner Mensch. Für denjenigen, der geht, ist es einfacher. Er bricht zu neuen Ufern auf und lässt sein altes Leben zurück, streift es ab wie einen alten Mantel. Diese Gedanken behielt Margot allerdings für sich. Sie fand, die haben in einem Brief an ihren Sohn nichts verloren.

Stattdessen versuchte sie, Gutwetter zu machen und entschuldigte sich für den manchmal schroffen Ton ihres Mannes.

Lieber Hans, du kennst doch deinen Vater lange genug.

P.S. Dein Vater zeigt mir seine Briefe an dich nicht, während ich ihm meine Briefe vorlese.

Einen Monat später verpackte sie ein paar Wintersachen für ihren Sohn. Hans hatte ihr in seinem letzten Brief ein Bild von sich geschickt, das sich Margot sofort einrahmen ließ: Hans, braungebrannt und schlank, unter der Sylter Sonne mit seiner schicken Matrosen Uniform. Diese Affinität für Uniformen stammte noch aus einem andern Zeitalter. Margot war sich dessen bewusst, dennoch verdrängte sie es nicht.

Sie legte dem Paket eine Karte bei, auf der sie schrieb, dass alles beim Alten sei, sein Vater immer schon gegen 21 Uhr ins Bett gehen würde, während sie sich noch die Spätfilme im Fernsehen anschaute.

Danach verging die Zeit wie im Zeitraffer. Das heißt, von einem Brief zum nächsten. Im Oktober schrieb Hans von einer Fahrt nach Helgoland, auf der er zum ersten Mal die See-krankheit kennengelernt habe.

Nicht schlecht für einen Fahrensmann in spe!?Ich habe mir ganz schön nasse Klamotten geholt!!

Margot selbst hatte auch so ihre Erinnerung an Helgoland, aus den frühen fünfziger Jahren, und schickte ihrem Sohn daraufhin zwei wärmende Pullover.

Im November fragte sie in einem Brief nach seinen Weihnachtswünschen, nicht ohne allerdings ihren sehnlichsten Wunsch zu erwähnen. Sie hoffte, dass er eine Weihnachts-dienstbefreiung erhalten würde, und sie das Fest gemeinsam verbringen könnten. Zuhause, unter dem Weihnachtsbaum. Dann erwähnte sie, dass sie augenblicklich zu Hause sei, weil in ihrer Firma gestreikt würde.

Es tut mir gut, morgens ausschlafen zu können! Was sie ihm wissentlich verschwieg, war, dass sie innerhalb der Firma die Abteilung gewechselt hatte. Sie war oft krank in den letzten Jahren, nun mittlerweile vierundfünfzig Jahre alt, und für die Fertigung, das Arbeiten in der Fabrikhalle im Akkord, nicht mehr geeignet. Da sie über fünfundzwanzig Jahre ihrer Firma treu ergeben war, bot man ihr eine Stelle im Dienstleistungssektor an. Sie besorgte die Zwischenmahlzeiten für die Chefetage. *Brötchenmamsell* spotteten ihre Exkollegen.

In der Zwischenzeit litt das Ländle an der Ölkrise. Kurz nach dem Sonntagsfahrverbot: *Die Straßen sind wie ausgestorben. Ganz gespenstisch*, schrieb sie Hans, *bei euch da oben wird es sicherlich auch so sein.*

Dann traf sie zufällig am Rathausmarkt in Stuttgart, auf Höhe des Breuninger Kaufhauses, eine alte Schulfreundin. Lotte. In den 30er Jahren waren die beiden beste Freundinnen und begeisterte Kinogängerinnen.

»Erinnerst du dich? Zarah Leander, Willy Birgel, Sybille Schmitz und Kristina Söderbaum?«

»Die Reichswasserleiche?«

Die beiden Frauen lachten ausgelassen.

»Wie ist es Dir ergangen?«, fragte Lotte und Margot griff in ihre Handtasche und holte die Fotografie von Hans in seiner Marineuniform heraus:

»Das ist mein Sohn!«

»Hübscher Junge.«

»Er ist auf Sylt stationiert.«

»Das ist weit weg von zu Hause.«

»Ja, das ist es. Weit weg. Er kommt Weihnachten nach Hause.«

»Das ist schön.«

Die beiden Frauen nahmen für eine kurze Zeit ihre alten Gewohnheiten wieder auf. Sie schauten sich *Der Pate* mit Marlon Brando, und *Die Nonne von Monza* mit Hardy Krüger mit großer Begeisterung an.

Zum Jahresende versandete die ganze Angelegenheit wieder. Vielleicht, weil Margot sich nicht getraute, ihrer Freundin zu sagen, dass Hans an Weihnachten nun doch in der Kaserne bleiben musste. Nachtwache. Aus unerklärlichen Gründen schämte sie sich dafür.

Am 2.1. 1974 schrieb sie Hans:

Nun ist das Weihnachtsfest wieder vorbei. Wir haben eine Pute und einen Hasen zubereitet. Die Pute wog zehn Kilo. An dem Tier haben wir einige Tage gegessen.

Im Februar machte Hans sein Versprechen wahr und trat seinen Heimaturlaub an. Margots Begrüßung geriet überschwänglich; sein Vater hielt sich wie gewohnt zurück. Das Ganze war letztendlich doch eine Enttäuschung, weil sie ihren Sohn in dieser Zeit kaum zu Gesicht bekamen. Er traf sich mit alten Freunden und mit Mara, obwohl er gegenüber seiner Mutter beteuerte, dass die Liebe zu Ende sei: »Mara hat einen neuen Freund aber wir bleiben gute Freunde.«

Wie ein Wimpernschlag verging die Zeit. Dorothea begleitete ihren Enkel noch bis zur Hackstraße und winkte ihm von dort noch lange nach. Sie hatte keine zehn Sätze mit ihm gewechselt.

Im April schrieb Hans, dass er zu den Marinefliegern versetzt werde, auf einen Fliegerhorst in der Nähe von Schleswig. Die nächste Sorge: *Musst du dort auch fliegen oder bist du beim Bodenpersonal?*

Margot dachte an die vielen Abstürze der *Starfighter*-Maschinen.

Dorothea 1974

Es war nur ein kurzer Spaziergang von ihrem Zuhause bis zum Bergfriedhof, wo Alwine ihre letzte Ruhestätte gefunden hatte. Niemand aus der Familie außer Dorothea kümmerte sich um die Grabstelle, obwohl sie Alwine als Mensch nicht mochte.

Neben dem steinernen Brunnen befand sich eine Gießkanne aus Emaille, die Dorothea mit Wasser füllte und zur Grabstätte trug. Sie hatte noch einen kleinen Leinenbeutel bei sich, in dem sie Schaufel und Harke transportierte. Man musste immer ein wenig Unkraut zupfen oder vertrocknetes Blattwerk von den Pflanzen entfernen. Sie wusste selbst nicht, warum es für sie ein Bedürfnis war, dieses Grab zu pflegen. Vielleicht weil sie ahnte, dass der Tag nicht mehr allzu fern war, an dem sie Alwine hier Gesellschaft leisten würde.

Nach getaner Arbeit wartete eine Bank in der Nähe des Hauptweges auf sie. Im Schatten einer großen Buche dachte sie über ihr Leben nach. Ihre Gedanken flogen wie Blätter von den Bäumen; sie brauchte sie nur aufzulesen: Lange Zeit lebte sie nun schon in der Familie ihres Sohnes. Zuerst erschien es ihr wie eine

Erlösung nach dem Tod ihres zweiten Mannes, 1953 in Bredstedt.

Im hohen Norden fühlte sie sich immer fremd. In der kargen, flachen Landschaft Nordfrieslands konnten sich ihre Gedanken nirgendwo festhalten. Immer wieder war dort der Wind, der sie allzu schnell davontrug.

Ihr zweiter Mann Arthur war ein sanfter, friedfertiger Charakter, der keiner Fliege etwas zuleide tun konnte. Im Gegensatz zu ihrem ersten Mann Ernst, einem cholerischen, kränklichen Charakter, dem oft die Hand ausrutschte. Dafür starb, ja, verreckte er elendig noch vor dem Krieg mit fünfundvierzig Jahren an Magenkrebs.

Damals wünschte sie sich häufig in ihre Kindheit zurück, den einfachen Tagen, in denen sie Gänse hütete, und sich ihren Tagträumen hingeben konnte.

An manchen Sonntagen fuhr sie mit den Eltern in die alte Garnisonsstadt Rummelsburg. Manchmal warf sie kleine Steine in die Stüdnitz und erwanderte mit ihren kleinen Füßen die bergige Stadt. Einmal sah sie den Kaiser, hoch zu Ross bei einem größeren Aufmarsch. Seitdem war dieser stattliche, noch junge Mann ihr großer Held.

Beim Gedanken daran vergoss sie noch heute Tränen der Rührung.

Sie griff in ihre Manteltasche nach ihrem Taschentuch, wischte damit über ihre Augenlider und schnäuzte sich die Nase.

Sie hatte ihren zweiten Mann Arthur während ihrer Flucht aus Pommern kennengelernt. Er reiste im selben Treck wie sie, war fünfzehn Jahre älter und taugte nicht mal mehr fürs letzte Aufgebot des Volkssturms in seinem Heimatort in Hinterpommern, unweit von Abbau Kremerbruch im Kreis Lauenburg. Und so ließen sie ihn ziehen: einen alten Mann mit lustigen Augen und einem Oberlippenbart, der dem des Führers zur Ehre gereichte.

In Bredstedt fand er Arbeit als Stallhilfe bei einem Bauern bis zu diesem unheilvollen Morgen, an dem ihn ein Herzanfall niederstreckte. Dorothea lief nach seiner Beerdigung aus dem Haus, weit hinaus, bis zu den Vordeichen, stellte sich in den Wind und schrie alles hinaus. Sie war damals 57 Jahre alt.

Danach fiel sie in eine Art Dämmerzustand und verließ ihr Zimmer nicht mehr, bis sie schließlich ein halbes Jahr später der Brief ihres Sohnes Hermann erreichte.

Sie reiste mit leichtem Gepäck nach Stuttgart. Mehr als einen Koffer und eine Handtasche hatte sie nicht dabei.

In Stuttgart-Hedelfingen begann ihr neues Leben.

»Darf ich mich zu Ihnen setzen?«

Die Stimme gehörte einer Frau in Dorotheas Alter.

Dorothea nickte kurz und die alte Frau setzte sich neben sie. Über den Bäumen zirpten Vögel, die schnell weiterflogen.

»Eine herrliche Stille, nicht wahr?«, fragte die alte Dame. Die Leute in Süddeutschland waren gesprächiger als die drögen Norddeutschen.

»Ja, es ist sehr still.«

»Wen haben Sie denn hier besucht?«

Dorothea stutzte einen Moment, dann entschloss sie sich doch zu einer Antwort: »Die Mutter meiner Schwiegertochter, Alwine Mattes.«

Die alte Dame hielt sich einen Zeigefinger vor den Mund, gerade so, als dächte sie angestrengt nach: »Frau Mattes aus Berg? Wenn ich mich nicht täusche, arbeitete diese Frau früher an der Kasse des *Mineralbades Berg*. So ein Zufall, ich kannte sie. Sie wohnte in einer Parallelstraße zur Neckarstraße. Warten Sie, der Name der Straße fällt mir bestimmt wieder ein. Das gibt es doch gar nicht. Was für ein Zufall.«

Die alte Dame rieb sich aufgeregt die Hände: »Wissen Sie, wir wurden damals gemeinsam ausgebombt. Der ganze Stadtteil wurde dem Erdboden gleichgemacht. Eine schreckliche Zeit.«

Dorothea schaute verschämt zu Boden.

»Sie ist ein halbes Jahr vor ihrem Tod umgezogen, zu einer Freundin in den Odenwald.«

»Ach Herrje. Alte Bäume sollte man nicht mehr verpflanzen.«

»Ja, das stimmt wohl.«

»Ist es vermessen zu fragen, wo sich ihr Grab befindet?«

Dorothea deutete hinter sich: »In der zweiten Reihe, ganz links.«

Die alte Dame stand auf. »Dann entschuldigen Sie bitte. Vielen Dank.«

Ein Mann in einem blauen Overall schob eine Schubkarre voller Erde vor sich her.

Dorothea schaute der alten Frau nach und fragte sich, was diese wohl mit Alwine verband außer einer Nachbarschaft die dreißig Jahre zurücklag.

Alwine, die bereits acht Jahre tot war, und die irgendwann eine Vorgängerin von ihr im Haus ihres Sohnes war. Die strenge Oma, wie Gisela und Hans immer wieder beteuerten. Die beiden Kinder, die aufatmeten, als Alwine den Haushalt verließ. Alwine, die

Allwissende, die belesene und belehrende Großmutter, bei der Gisela immer Gedichte zitieren musste.

Am Ende war es ihr Herz, das zerbrach. In der Einsamkeit des Odenwaldes, der einer lebenslangen Existenz in der Großstadt nicht das Wasser reichen konnte. Spaziergänger fanden ihre Leiche auf einem Waldweg.

So möchte ich nicht enden, dachte Dorothea und machte sich daran, nach Hause zu gehen, in ihre leere Wohnung.

Sie ging durch das große Tor des Friedhofsgeländes, dann rechts bis zur Ostendstraße, überquerte die Straßenbahnschienen und ging weiter die Hackstraße hinunter. Hermann und Margot befanden sich im Urlaub in Spanien. Aber auch sonst hatten sie wenig Zeit für sie. Beide waren noch berufstätig und zogen sich nach Feierabend in ihren Wohnbereich zurück.

Seit Hans vor einem Jahr sein Elternhaus verlassen hatte, war die Welt verändert. Als wäre sie kleiner geworden. Sie hatte ihm lange nachgewunken, damals, am Abend des Abschiedes nach seinem ersten Heimaturlaub. Er wollte sich noch mit seiner Freundin Mara treffen, auf dem Bahnhof oder an der Straßenbahnhaltestelle. Das wusste sie nicht mehr so genau. Jedenfalls wollte er keinen aus der

Familie dabeihaben. Ja, sie hatte ihm lange nachgewunken, diesem erwachsenen, ihr fremd gewordenen Mann, der mit seinen Koffern die steile Straße entlang ging, sich oben an der Kuppe noch einmal umdrehte und ihr zuwinkte.

Sie passierte die steinerne Treppe zum Holder; wenig später drehte sie den Schlüssel im Schloss der Haustür, ging schnurstracks den Flur entlang, geradeaus in ihre Küche, holte die Kasserolle aus dem Schrank und setzte Wasser auf.

Als sie ihrem Sohn am Telefon vom Tod Alwines berichtete, hörte sie deutlich sein hörbares Schnauben: »So ein Mist, jetzt müssen wir unseren Urlaub abbrechen!«

Hermanns Stimme war ohne Mitgefühl und Trauer. Die Familie war erst wenige Tage zuvor, nach Südtirol aufgebrochen.

»Der Tod kommt immer zur verkehrten Zeit«, sagte Dorothea.

Sie hatte noch eine halbe Flasche *Klosterfrau Melissengeist* in der Abseite stehen. Das würde ein großes Glas ihres geliebten Heißgetränks ergeben. Mindestens. Vielleicht sogar zwei.

Hans 1974

Wieder ein warmer Sommertag. Hans und sein Stubenkamerad Theo packten ihre Rucksäcke. Sie wollten den Nachmittag am Weststrand verbringen.

»Nach so einer ordentlichen Wanderung macht es besonderen Spaß, ins Wasser zu springen!«, lächelte Theo, ein zünftiger Bayer mit ausgeprägten Bergsteigerwaden.

Zehn Minuten später bewegten sie sich in der Landschaft. Zwei Figuren in der unendlichen Weite. Hans liebte diese Landschaft, die Dünentäler, die langgestreckten Heideflächen, die unter der Sonne pastellfarben schimmerten. Er mochte es, weil es so völlig anders war, als alles was er vorher kannte. Die Umstände hatten ihn in eine andere Welt gesetzt, in der er noch einmal von vorne anfangen konnte. Eine zweite Chance bekam.

Theo stemmte seine kräftigen Arme in die Hüften: »Erstmal tief durchatmen. Eine prächtige Luft ist das hier.«

»Mit München nicht zu vergleichen?«

»Das kann man wohl sagen.«

An einer der hohen Dünen machten sie eine kurze Rast, schnallten die Rucksäcke ab und tranken einen Schluck aus ihren Wasserflaschen.

»Jetzt ist es nicht mehr weit bis zur Wasserkante.«

»Schau'n wir mal.«

»Theo, bist du freiwillig so weit weg von deiner Familie?«

Theo ließ sich in den Sand fallen: »Kann man unumwunden so sagen. Ich musste einfach weg. Zuhause ist mir die Decke auf den Kopf gefallen, oder der Himmel, wenn du so willst.«

Hans nickte verständnisvoll.

»Und bei Dir? Du wirst steckbrieflich gesucht, nicht wahr!?«

Theo prustete vor Lachen.

»So ähnlich…«

Jetzt fiel es Hans wie Schuppen von den Augen. Es war eine Flucht. Das ließ sich nicht leugnen. Eine Flucht vor der ganzen Last seiner Vergangenheit, die ihn beschwerte wie eine Bettdecke aus Blei.

Es waren all die Demütigungen, die Schläge, die sich nicht ausradieren ließen, egal wie viel Gewicht auf der anderen Seite der Waage zusammenkam.

»Du bist ganz schön einsilbig, Kamerad.«

Theo hatte seinen Rucksack wieder umgeschnallt.

Auf Höhe der Düne konnten sie den Strand und dahinter das Meer sehen.

»Sackradeifie«, entfuhr es Theo und Hans ließ ein Juchhe folgen. Dann stolperten sie den sandigen Abhang hinunter.

Am Strand verschwand die Sonne hinter den Wolken; die Silhouetten der beiden Männern wirkten plötzlich wie zwei Schatten. Sie setzten sich unweit der Wasserkante in den Sand.

»Wie wäre es mit einer deftigen Brotzeit?«

»Du hast wirklich an alles gedacht, Theo.«

»Joh freilig!«

Theo reichte Hans eine in Butterbrotpapier eingewickelte Wurstbrotscheibe.

»Vielen Dank.«

Die kleine Wanderung hatte Hans hungrig gemacht. Er biss mit Genuss in das Brot.

»Kann man ohne Schläge essen, nicht wahr?«, lachte Theo und Hans klappten die Mundwinkel nach unten. Er sah plötzlich sich selbst, wie er auf dem elterlichen Flur lag, die Hände schützend über seinen Kopf gehalten, während Schläge auf ihn niederprasselten wie Regentropfen aus Stahl.

Dorothea 1974

Dorothea stand vor dem abgeernteten Gartengrundstück. Es war Anfang September und noch zu früh für eine Umgrabung, aber sie wusste nicht, was sie sonst tun könnte. Die Sonne war hinter dichten Wolken verborgen. Es hatte in den letzten Tagen geregnet und die Erde war gut durchgefeuchtet – ideale Bedingungen für einen Spatenstich. Sie trug Gummistiefel, hielt den Spaten in der Hand und wirkte dennoch unschlüssig. Dorothea war 78 Jahre alt und körperlich in ausgezeichneter Form: klein und drahtig, gestählt von jahrzehntelanger körperlicher Arbeit.

Seit zwanzig Jahren lebte sie nun schon im Haushalt ihres Sohnes, ermöglichte ihm und ihrer Schwiegertochter, einer geregelten Arbeit nachzugehen, während sie sich um den Haushalt und den kleinen Hans kümmerte. Der fühlte sich immer bei ihr geborgen. Solange er klein war zumindest.

Jetzt wurde sie von einem Gefühl übermannt. Mit einer energischen Handbewegung stach sie den Spaten in die dunkle Erde, trat über die Pflastersteine, die eine Gartenhälfte von der anderen trennte, betrat den Trockenplatz und setzte sich auf den alten Campingstuhl, der unter dem Geflecht der Wäscheleine stand. Sie fühlte sich plötzlich erschöpft, allein von den Bildern, die plötzlich vor ihrem geistigen Auge auftauchten wie Teile eines lange versunkenen Schatzes: Der kleine Hans auf ihrem Schoß, an ihren Körper geschmiegt, während sie ihm mit einem Kamm durch die Haare streicht. Er hatte ein sanftes, mitfühlendes Wesen, war sensibel und furchtsam, wenn er sich vor dem Zorn seiner Eltern bei ihr versteckte.

Dorothea hatte niemals die Hand gegen ihren Enkel erhoben. Sie kannte ihn besser als all die anderen um ihn herum: Hermann und Margot, Gisela, seine Lehrer und die garstigen Mitschüler, die ihn aus unerfindlichen Gründen immer wieder piesackten.

Die Gedanken an diese intensive Zeit ließen Dorotheas Herz schneller schlagen, ihr Herz, das eigentlich krank war, wie ihr Hausarzt ihr immer wieder bescheinigte. Hatte sie heute ihre Medikamente schon genommen? Vielleicht sollte sie ein Glas *Klosterfrau Melissengeist* zu sich nehmen? Das beruhigte sie regelmäßig, aber dafür war es nach dem Stand der Sonne noch zu früh.

Ihre Gedanken schweiften ab. Wie schnell all diese Jahre nach dem Tod ihres Mannes vergangen waren. Ihr schien, als seien nur Tage

126

verstrichen, seit sie mit dem kleinen Hänschen mit dem Leiterwagen im Wald Holz sammelte. Sie konnte das feuchte Laub riechen, die Kühle des Waldbodens spüren. Dann erinnerte Sie sich an die Kamille am Wegesrand, in der Nähe des Gutshofes, auf dem ihr Sohn Ernst mit seiner Frau lebte. Wie der kleine Hans die Blüten zupfte und sie in einem Leinensäcken verstaute. Er liebte Kamillentee und Ovomaltine, frische Brezeln und Mehlglimpern mit Milch oder mit Backobst, ihre Königsberger Klopse, ihren Kopfsalat, den sie mit Sahne und gebratenen Speckwürfeln zubereitete und noch so vieles mehr. Jetzt spürte sie ihre Tränen, die ihr in Rinnsalen die Wangen hinunterliefen, und sie hatte nicht einmal ein Taschentuch zur Hand.
Ernst parkte den Wagen an der Hackstraße. Die Reifen berührten den Kantstein, was Elsa sofort mit einer Bemerkung quittierte.
»Gekonnt ist eben gekonnt«, konterte Ernst gut gelaunt. Sie nahmen die Treppe zum Holder, öffneten die Gartenpforte und klingelten an der Haustür. Keine Reaktion. Ernst drückte erneut den Klingelknopf.
»Vielleicht ist Sie einkaufen gegangen?«
Elsa hielt sich krampfhaft an ihrer Handtasche fest.

»Auf keinen Fall. Hermann hat mir erzählt, dass sie nicht mehr aus dem Haus geht.«

»Nicht mal zum Einkaufen?«

»Sie kommt außerhalb ihrer vier Wände nicht mehr zurecht.«

Elsa stellte ihre Handtasche auf eine Treppenstufe.

»Wir hätten schon letzte Woche herfahren sollen.«

Ernst drückte erneut auf die Klingel.

»Vorwürfe sind das Letzte, was ich jetzt gebrauchen kann.«

»Nun ja, dein Bruder ist immerhin schon die zweite Woche in Urlaub. Wann kommen die beiden denn wieder?«

»In vier Tagen.«

Ernst stieß einen hörbaren Seufzer aus.

»Mir bleibt nichts anderes übrig als einzusteigen.«

»Bist du verrückt?«

»Hast du einen anderen Vorschlag?«

Elsa griff nach ihrer Handtasche wie nach einem Rettungsanker.

Ernst machte sich auf den Weg und Elsa folgte ihm zögerlich. Sie gingen um den Reihenhausblock herum und standen fünf Minuten später vor der hinteren Gartenpforte des Grundstücks. Die Pforte war nicht verschlossen. Sie gingen den Weg zum Hof hinunter. In dem Gartenstück steckte ein Spaten in der noch feuchten Erde.

»Kein gutes Zeichen«, mutmaßte Ernst und schaute vom Hofplatz auf den Balkon hinauf.

»Ich muss da hoch. Das Küchenfenster steht auf Kipp.«

»Wie willst du das anstellen? Du bist kein junger Mann mehr.«

Die Balustrade zum Nachbargrundstück verlief seitlich zum Balkongeländer. Ernst zog sich an dem Mauervorsprung nach oben und bekam von dort einen Teil des Geländers zu fassen Er hebelte seinen Körper nach oben, schwang ihn in einer letzten Anstrengung über das Geländer und stand auf dem Balkon.

Elsa stieß einen tiefen Seufzer aus.

»Warte einen Augenblick. Ich öffne von innen die Tür zum Hof.«

Ein Fenster der zweiflügligen Balkontür war tatsächlich angekippt. Ernst gelang es, mit der Hand durch den Spalt zu greifen. Die Tür war von innen verschlossen aber der Schlüssel steckte im Schloss. Mit einer geschickten Handbewegung drehte er den Schlüssel, woraufhin die Tür nach außen aufschwang.

Ernst bewegte sich auf leisen Sohlen wie ein Dieb durch die oberen Wohnräume. Dann nahm er die Treppe nach unten. In der Küche, auf dem Fußboden, fand er dann Dorothea.

Sie sah aus, als ob sie schlief. Er fühlte ihren Puls, während Elsa schon ungeduldig an der Tür klopfte. Dorothea lebte noch. Ernst öffnete Elsa die Tür.

»Wir müssen einen Arzt verständigen!«

Elsa warf ihre Handtasche in eine Ecke der Küche. Sie drohte hysterisch zu werden:

»Wie sollen wir das anstellen? Es gibt kein Telefon im Haus.«

»Geh mal bitte zum Nachbarn rüber. Die besitzen einen Telefonanschluss.«

»Warum ich?«

»Weil ich bei meiner Mutter bleibe. Ich kann sie jetzt nicht alleine lassen.«

»Aber sie rührt sich nicht.«

»Bitte verständige den Nachbarn. Bekommst du das auf die Reihe?«, schrie Ernst und Elsa floh aus der Küche, als wäre der Teufel hinter ihr her.

Danach ging alles sehr schnell. Eine halbe Stunde später war Dorothea auf dem Weg ins Krankenhaus. Während der ganzen Versorgung durch den Notarzt und den Sanitäter blieb Ernst ruhig und gefasst vor Ort. Danach bemerkte er, dass Elsa verschwunden war. Er holte aus dem Küchenschrank ein Glas, füllte es mit Wasser und nahm einen kräftigen Schluck.

»Elsaa!«

Es dauerte eine Weile bis Elsa die Treppe herunterkam.

»Wo um alles in der Welt hast du gesteckt?«

»Ich habe das Haus inspiziert. Man hat so selten die Gelegenheit…«

»Du hast herumgeschnüffelt.«

»Nenn es, wie du willst.«

»Lass uns nach Hause fahren. Ich habe die Nase gestrichen voll.«

Dorothea erholte sich nicht mehr. Hirnschlag diagnostizierten die Ärzte. Fortan war sie ans Bett gefesselt. Sprachlos. Nahrungsverweigernd. Ihr Tod, wenige Wochen später, war eine Erlösung.

Gisela 1974

Sie hatte den kleinen Koffer aus Lederimitat dabei, als sie mitten in der Nacht die Wohnung verließ. Seit Tagen hatte sie kein Auge mehr zugetan. Sie lag die Nächte wach und grübelte, während neben ihr der ahnungslose Ferdi entspannt schlummerte. Etwas war schiefgelaufen in ihrem Leben. An irgendeiner Weggabelung war sie verkehrt abgebogen. Dieser Umstand, so glaubte sie jetzt, war ihr Verhängnis. Aber wo um alles in der Welt hatte Sie den verkehrten Abzweig genommen? Hatte sie sich zu früh gebunden, zu heftig endgültig verliebt und war dadurch in eine Sackgasse geraten? Manchmal hatte sie den Eindruck, von ihrer Familie erdrückt zu werden, erschlagen, so lange am Boden gehalten, bis sie nicht mehr in der Lage war aufzustehen, wegzulaufen und irgendwohin zu verschwinden.

Fünf Kinder hatte sie in den vergangenen dreizehn Jahren zur Welt gebracht. Nach fast jedem dieser Kinder war ein Aufenthalt in einer psychiatrischen Klinik sicher.

Immer wieder geriet sie in Krisen. Immer wieder war sie Schlaflosigkeit ausgeliefert. Schwerfällig wälzte sie sich unter der Bettdecke von einer Seite zur anderen, immer und immer wieder, bis nach einigen Nächten ein Entschluss in ihr reifte. Der Entschluss, alles stehen und liegen zu lassen und abzuhauen.

Sie trat auf die Straße hinaus, ohne sich ein einziges Mal umzublicken. Es war eine sternenklare Nacht, eigentlich schon fast ein Morgen. Ihre Armbanduhr zeigte 4.48 Uhr. Ein kleines leuchtendes Tableau in der Dunkelheit wies ihr den Weg. Am Rathausmarkt standen die Droschken. Vor dem letzten Fahrzeug in der Reihe stand gelangweilt ein junger Mann und rauchte. Als er Gisela erblickte, nahm er die Kippe aus dem Mund und schnippte sie weg. Sie flog in gerader Linie in eine Ecke des Kantsteines, als wäre dieser Platz für sie vorgesehen.

»Wo soll es denn hingehen, junge Frau?«

Gisela schaute kurz auf. Ihr Blick wanderte vom Straßenpflaster über die Schuhe des Mannes bis zum Hosenbund und verweilte einen Sekundenbruchteil an der Stelle, wo sich sein Gemächt zu befinden schien. Sie griff in die Tasche ihres Sommermantels und brachte ein Taschentuch zum Vorschein, schnäuzte sich einmal kurz und sagte dann: »Fahren sie mich bitte nach Rosenheim!«

Das war ihr einfach so herausgerutscht. Ein Wunsch als Vater des Gedankens. Rosenheim hörte sich wirklich gut an. Ein Heim voller Rosen. Ein Heim voller glücklicher Menschen. Gut, dann hätte sie auch Glückstadt sagen können. Aber Rosenheim ging ihr eben müheloser über die Lippen. Der Taxifahrer stutzte kurz, öffnete den Kofferraum und legte ihren kleinen Koffer hinein.

»Das wird nicht gerade billig, gute Frau.«

In seinen traurigen Augen spiegelte sich das Licht der Straßenlaterne.

»Möchten Sie einen Festpreis mit mir vereinbaren?«

»Ich zahle die Summe, die Sie am Ende von mir verlangen.«

»Gut, wie Sie wünschen.«

Der Fahrer ging um sein Fahrzeug herum und öffnete für seinen Gast die Beifahrertür.

»Pardon, vielleicht möchten Sie lieber hinten Platz nehmen?«

Gisela schaute wieder verwirrt auf die Hose des Mannes.

»Nein danke, es ist gut so.«

Sie drehte sich schwerfällig in das Innere des Fahrzeugs hinein und starrte wie hypnotisiert aus dem Fenster. Was für eine scheußliche Angewohnheit es war, Männern auf die Hose zu starren, als verberge sich hinter dem Stoff ein Geheimnis, etwas reizvoll Verborgenes. Sie war sich sicher, dass es nichts explizit

Sexuelles war, das ihren Blick direkt darauf lenkte, eher eine unbestimmte Neugierde, etwas Verrücktes, zumindest etwas für sie selbst Unerklärliches. Die Stimme des Mannes neben ihr grätschte in ihre Gedanken hinein. Er meldete sich bei seiner Zentrale für seine Fahrt ab. Aus dem Lautsprecher drang eine metallene Stimme.

»Denk an die Baustelle auf der A 8.«

»Mach ich«, antwortete der Mann und steckte den Gegenstand, der Gisela an ein Mikrophon erinnerte, in eine dafür vorgesehenen Stelle am Armaturenbrett.

Inzwischen graute der Morgen. Das Fahrzeug fuhr über eine Brücke, unter der Gisela einen Fluss ahnte oder eine Schlucht. Etwas diffus das Ganze, dachte sie und daran, dass sie sich wirklich fortbewegte, kontinuierlich und immer schneller.

»Waren Sie schon mal in Rosenheim?«, fragte sie der Fahrer.

»Natürlich«, sprudelte es aus ihr heraus, »meine Freundin lebt dort seit Jahren.«

»Man kann bei guter Sicht die Alpen sehen, nicht wahr?«

»Sicherlich.«

»Haben Sie die genaue Adresse für mich?«

Gisela wagte es nicht, den Fahrer direkt anzusehen.

»Sie können mich am Bahnhof aussteigen lassen. Von dort habe ich es nicht mehr weit bis zu ihrer Adresse.«

»Wie Sie wünschen.«

Sie staunte darüber, was für eine gute Lügnerin sie war. Bravo. Sie konnte lügen, ohne rot zu werden. Das war ein verdammt guter Anfang. Sie legte den Kopf auf die Nackenstütze. Inzwischen befanden sie sich auf der Autobahn. Der Wagen schien die Kilometer zu fressen wie eine unersättliche Maschine.

War das schon die schwäbische Alb im Dunst der frühen Morgensonne? Endlich unterwegs. Etwas Besonderes, etwas Ungewöhnliches anstellen.

Ihr kleiner Bruder Hans war ständig auf Reisen, seit er von zu Hause weg war. Er schrieb ihr Postkarten aus Kopenhagen, aus Schweden, Helgoland und sonst wo her. Mein Gott, der kleine Kerl hatte sich zu einem richtigen Weltenbummler entwickelt, während sie ständig zu Hause nichts anderes zu tun hatte, als Windeln zu wechseln und sich vollzufressen. Wie ungerecht die Welt doch sein konnte. Nun, sie hatte soeben die Weichen für ein anderes, ein besseres Leben gestellt.

Ferdi genoss es, am Sonntagmorgen länger zu schlafen. Das wussten auch seine Kinder und gingen in ihren Zimmern ihrer Beschäftigung nach oder schalteten in der Wohnstube den Fernseher an, gruppierten sich, in Decken gehüllt, auf der breiten Couch und starrten auf den Bildschirm.

Kurz nach zehn Uhr klingelte das Telefon. Eines der Kinder nahm nach mehrmaligem Klingeln den Hörer ab, stutzte kurz und stürmte dann ins Schlafzimmer seiner Eltern: »Papa wach auf, die Polizei ist am Telefon.«

Ferdi schwang sich benommen von der Matratze. Im Vorbeigehen stellte er fest, dass die linke Betthälfte nicht belegt war. Er streifte am Zimmereingang seine Hauspuschen über und meldete sich dann am Telefon, nicht ohne vorher seine Kinder zu bitten, die Lautsprecher des Fernsehers leiser zu stellen.

»Servus, hier ist die Polizei Rosenheim!«, meldete sich eine Stimme am Telefon, »Wir haben heute Morgen Ihre Frau aufgegriffen!«

»Wie bitte?«

»Ihre Frau Gisela.«

Ferdi schluckte hörbar: »Was ist passiert?«

»Sie ist gegen einen Taxifahrer handgreiflich geworden. Sie hat ihn verletzt. Offenbar ging es um die Bezahlung einer Fahrt von Stuttgart nach Rosenheim.«

»Mein Gott.«

»Der Mann musste ins Krankenhaus gebracht werden.«

»Was ist mit meiner Frau?«

»Nun, sie hat sich sehr auffällig verhalten. Ist gegen einen unserer Beamten gewalttätig geworden. Wir mussten einen Amtsarzt konsultieren und Ihre Frau in die Psychiatrie einweisen lassen. Ich gebe Ihnen die Telefonnummer. Dort kann man Ihnen bestimmt mehr über den Zustand Ihrer Frau sagen.«

»Oh je.«

»Es tut uns leid. Wir haben Ihre Adresse dem Taxiunternehmen übermittelt. Es existiert nämlich noch eine Geldforderung von Seiten dieses Unternehmens. Außerdem haben wir noch die Anzeige des Taxifahrers gegen Ihre Frau aufgenommen.«

»Kann ich mir denken.«

»Also, entschuldigen Sie bitte die Störung. Wir wollten Sie nur über die Umstände informieren.«

»Vielen Dank.«

Ferdi legte sorgfältig den Telefonhörer auf den Apparat. Er fühlte sich, als wäre er zu einer Salzsäule erstarrt.

Nach vierzehn Tagen wurde Gisela ins Klinikum Schloss Winnenden verlegt. Ferdi bat seinen alten Schulfreund Thomas, mit ihm und den Kindern dort hinzufahren.

»Ausgerechnet Winnenden.«

Die beiden Männer standen an der Straßenbahnhaltestelle in Sillenbuch.

»Wieso? Dieser Ort ist nicht schlechter als jeder andere.«

»Wie man's nimmt. Schon mal von der Aktion T 4 gehört, während der Zeit des Nationalsozialismus?«

»Nein, nie gehört.«

»In Winnenden wurden fast 400 psychisch kranke Frauen, Männer und Kinder in Busse verfrachtet und in die Tötungsanstalt Schloss Grafeneck verbracht. Gemeinnützigen Krankentransport nannte man das damals.«

»Das sind doch olle Kamellen. Heute ist das ein ganz normales Landeskrankenhaus.«

»Das ganz schön Dreck am Stecken hat.«

»In irgendeiner Form hat sich das ganze Land damals schmutzige Finger geholt.«

»Das kann man nicht so leicht abwaschen, alter Freund.«

»Kannst du uns trotzdem hinfahren, bitte?«

»Willst du die Kinder etwa an diesen schrecklichen Ort mitnehmen?«

»Nein, natürlich nicht. Sie könnten ja bei dir im Auto warten, bis ich wieder zurück bin. Danach könnten wir im Remstal spazieren gehen. Wenn das Wetter mitspielt. Es wird nicht lange dauern. Ich weiß ja nicht einmal, ob ich überhaupt mit ihr reden kann. Aber sie braucht dringend neue Kleider.«

Thomas hielt unterhalb des Klinikums. Ferdi erklomm alleine den Hügel bis zum Eingang. Auf der Station hatte er wider Erwarten Gelegenheit, mit Gisela zu sprechen. Sie wirkte etwas überdreht, nachdem sie ihre neue Kleidung in Empfang genommen hatte. Ein Pfleger bat die beiden, im Aufenthaltsraum Platz zu nehmen.

»Denken Sie bitte daran, dass Sie nicht ins Zimmer der Patientin dürfen.«

Ferdi nickte dem Pfleger freundlich zu.

»Selbstverständlich, natürlich.«

»Sei nicht so unterwürfig.«

Giselas Augen blitzten.

»Das ist widerlich. Du musst wissen, wir sind hier nämlich von Arschlöchern und Arschkriechern umgeben.«

Ferdi kannte diesen Ausdruck in Giselas Gesicht.

»Nun lass mal gut sein.«

»Na, verkriechen wir uns mal wieder in unserem Mauseloch?«

»Ich bin in keinem Loch. Ich bin mit dir hier, in diesem Zimmer.«

»Du bist mit mir irgendwo, nur nicht in meinem Zimmer. Komm mit, ich zeige dir mein Zimmer. Ich zeige dir dort was Wunderbares.«

Gisela lächelte schelmisch. In ihrem Zustand, in Verbindung mit dem gefährlichen Blitzen ihrer Augen, ähnelte ihr Gesicht einer Teufelsfratze.

»Das muss nicht sein«, entgegnete Ferdi.

Da griff Gisela blitzschnell seinen Unterarm und zog ihn auf den Flur hinaus.

»Bitte lass das, Gisela.«

»Ich werde dir alles zeigen. Mein ganzes Universum!!«

»Es ist verboten, Gisela.«

Plötzlich waren zwei Pfleger im Flur. Sie bewegten sich zielstrebig auf Gisela zu.

»Es ist verboten, Besuch mit aufs Zimmer zu nehmen. Das wissen Sie doch, Gisela.«

»Ihr gottverdammten Arschlöcher«, brüllte Gisela und platzierte zwei Schwinger in die Gesichter der beiden Pfleger hinein. Wie vom Blitz getroffen stürzten die beiden Männer zu Boden. Dann ging alles sehr schnell. Ferdi wusste nicht, wie ihm geschah. Plötzlich fand er sich auf dem Fußboden der Station wieder. Beißender Linoliumgeruch stieg ihm in die Nase. Kräftige Arme drückten ihn zu Boden.

»Ich bin kein Patient«, brüllte er.

Um ihn herum Schreie. Tumult.

»Ich bin nur ein Besucher. Ich bin kein Patient!«, schrie er aus vollem Hals.

Hans 1974

Am Tag vor Dorotheas Beerdigung traf Hans am Stuttgarter Bahnhof ein. Niemand erwartete ihn hier. Sein erster Weg führte ihn zur Schallplatten-*Lerche* in der Königstraße. Seinen Koffer deponierte er in einem der zahlreichen Schließfächer in der Bahnhofshalle. Es war ein warmer Septembertag. Das Stöbern in den Schallplattenregalen beruhigte ihn. Er wusste genau, wonach er suchte: *461 Ocean Boulevard* von Eric Clapton war vor einiger Zeit erschienen. Diese Platte musste er unbedingt haben. Clapton hatte sich nach einer langen Zeit der Untätigkeit, in der seine Kreativität so gut wie erloschen schien, an eine neue Aufgabe gemacht. Freunde von ihm hatten ihn aus seinem Drogensumpf gezogen und ihn wieder auf die Beine gestellt. Er hatte sich während der vierwöchigen Aufnahmen zu dieser LP quasi neu erfunden.
Hans mochte solche Erweckungsgeschichten. Er war nie mit Drogen in Kontakt gekommen und war immer diszipliniert in seinem Umgang mit Alkohol. Sinnlose Besäufnisse, wie es viele seiner Marinekameraden regelmäßig zelebrierten, waren nicht seine Sache. Er hasste es, die Kontrolle über sich zu verlieren.

Aber die Geschichte über Clapton mochte er. Es war das Wiederaufstehen nach einer Niederlage, das sich Zurückkämpfen nach einem schweren Verlust, das ihn faszinierte. Clapton stand auf dem Cover ganz entspannt vor einer Villa in Florida, umgeben von Palmen. Auf der Rückseite relaxte er auf einem Plastikstuhl, während er seine Gitarre stimmte. Perfekt.

Zuhause stellte Hans seinen Koffer im alten Jugendzimmer ab, stöpselte seinen Plattenspieler an und legte die LP auf den Plattenteller: *Motherless Children*.

Wenig später klopfte es an seiner Tür. Hans öffnete sie mit einem energischen Ruck. Sein Vater stand mit zitternder Stimme vor ihm: »Würdest du bitte die Musik leiser machen; du befindest Dich in einem Trauerhaus.«

Hans ging zum Plattenspieler und senkte den Lautstärkepegel. Sein Vater wirkte wie ein gebrochener Mann. Rotgeränderte Augen in einem fahlen, eingefallenen Gesicht.

Nein, hier war jeder weitere Kommentar überflüssig. Leisere Musik macht Oma auch nicht mehr lebendig.

Sein Vater wandte sich ab. »Das Essen ist fertig«, sagte er im Davongehen. *Give me Strength.*

Eric Clapton kam auf leiseren Sohlen daher, und Hans setzte sich auf seine Schlafcouch: »Ich komme gleich.«

Was war mit ihm geschehen? Vor zehn Jahren hätte ihn die Nachricht vom Tod seiner geliebten Großmutter umgehauen. Sie hätte ihn gefällt wie einen Baum und heute war er nicht in der Lage Trauer zu empfinden. Er war zu weit gegangen. Er hatte sich zu weit entfernt, hatte den Kokon, der ihn so lange geschützt hatte, aufgebrochen und ihn zurückgelassen wie eine leere Eierschale.

»Ein Trost ist, dass sie nicht leiden musste. Am Ende ging alles ganz schnell. Sie ist friedlich eingeschlafen«, erzählte Hans' Mutter am Abendbrottisch. Währenddessen war sein Vater aufgestanden und schnäuzte in der Küche in sein Taschentuch.

»Wo findet die Beerdigung statt?«

»Die Trauerfeier findet auf dem Pragfriedhof statt. Dort wird sie auch eingeäschert. Man hat sie sehr gut präpariert. Wenn du möchtest, kannst du sie nochmal anschauen.«

»Nein danke, ich möchte sie in Erinnerung behalten, wie ich sie kannte.«

Der Vater stand abermals auf, ging in die Küche, schnäuzte sich und kam schnell wieder zurück: »Weißt du, deine Großmutter ist an gebrochenem Herzen gestorben.«

»Warum?«

»Sie hat es nicht verkraftet, dass ihr Enkel sie verlassen hat.«

Der Vater wischte sich mit einer Serviette über den Mund.«

»Das tut mir leid. Aber es ist die normalste Sache der Welt, dass Kinder ihr Elternhaus verlassen, um auf eigenen Beinen zu stehen.«

Jetzt meldete sich Hans' Mutter zu Wort:

»Hermann, ich kann deine Trauer verstehen. Aber du kannst Hans nicht für den Tod deiner Mutter verantwortlich machen. Dorothea war alt und krank und wahrscheinlich Alkoholikerin.«

»Warum wohl?«

Jetzt sprang Hans von seinem Stuhl auf:

»Mir reicht das jetzt. Das muss ich mir nicht antun.«

Er legte fein säuberlich sein Besteck auf den Teller.

»Dein Vater hat es nicht so gemeint!«, rief ihm die Mutter hinterher.

Zehn Minuten später klopfte sie an Hans' Zimmertür.

»Herein.«

Hans stand am Fenster und schaute auf das kleine Gartengrundstück.

»Dein Vater ist krank vor Schmerz. Du weißt, wie viel ihm seine Mutter bedeutet hat.«

»Ja, das weiß ich.«

Seine Mutter setzte sich auf die Couch und klopfte mit der flachen Hand sachte auf die Polsterfläche, was bedeutete, dass Hans neben ihr Platz nehmen sollte.

»Das Verhältnis zwischen Vater und Großmutter, war auch für dich nicht leicht zu ertragen. Ich erinnere mich an Auseinandersetzungen, die ich als Kind mit anhören durfte. Um es einmal vorsichtig zu formulieren«, sagte Hans und setzte sich neben seine Mutter.

»Aber am Ende war alles gut. In ihren letzten Wochen und Monaten haben wir uns versöhnt.«

Margot wischte sich eine Träne von der Wange, dann griff sie mit ihrer Hand nach der Hand ihres Sohnes und streichelte sie:

»Und wie geht es dir dabei? Ich hatte schon die Befürchtung, dass du ähnlich auf Dorotheas Tod reagieren würdest wie dein Vater.«

Hans blickte zu Boden. Das Plattencover von Eric Clapton lag auf dem Teppichboden, als sei es arglos einfach weggeworfen worden.

»Ich weiß nicht. Ich kann keine Trauer empfinden.«

Die Mutter zog ihre Hand beiseite: » Lass gut sein, mach dir keine Gedanken.«

Die Trauerfeier fand am nächsten Tag auf dem Pragfriedhof im Norden Stuttgarts statt. Die Trauergäste versammelten sich auf dem kleinen Vorplatz vor dem malerischen Jugendstil-Krematorium.

»Ein wahrhaft himmlisches Ambiente«, fabulierte einer der Gäste.

Die Familie trat aus der Trauerhalle, in der Dorothea aufgebahrt lag. Ferdi ging auf Hans zu, der zwischen all den Bekannten und Nachbarn wie teilnahmslos vor sich hin starrte.

»Bist du sicher, dass du deine Großmutter nicht noch einmal sehen möchtest? Sie sieht aus, als würde sie schlafen.«

Ferdi holte ein Taschentuch aus seiner Hosentasche und wischte sich damit über den Mund.

»Ich bin sicher, dass ich sie nicht mehr sehen möchte. Ganz sicher.«

»Dein Vater steht wie aufgelöst vor ihrem Sarg.«

Ferdi legte Hans seine Hand auf die Schulter.

»Du hast bestimmt ein Abschiedsbild vor Augen?«

»In meiner Erinnerung steht Dorothea unter einer Straßenlaterne und winkt mir nach.«

»Dem verlorenen Enkel.«

»Ja.«

Jetzt trat Margot zu den beiden Männern.
»Die Trauerfeier beginnt. Ich möchte, dass ihr
mich in eure Mitte nehmt.«

Ferdi 1974

Auf der Herrentoilette: Ferdis Gesicht im Spiegel über dem Waschbecken. Ein fahles, graues Gebilde wie eine schlecht belichtete Mondlandschaft. Seine Augenlider rotumrandet, als hätte er schon wochenlang nicht mehr richtig geschlafen. Die Augen tief in ihren Höhlen. zwei schwach leuchtende Lichter wie die einer Dampflokomotive in einem schwarzen Tunnel. Ferdi lächelte bitter seinem Spiegelbild entgegen. In diesem Zustand wähnte er sich wie ein Sargnachbar Dorotheas. Er kippte sich einen Schwall kaltes Wasser ins Gesicht, rollte ein großes Stück der Papierhandtuchrolle ab und betupfte damit seine Augen, die Wangen und seinen Mund. Wie war er nur hierher geraten? In diese scheußliche Gaststätte, unter diese grässlichen Menschen, die seine Verwandten waren. Dabei wollte er nur Dorothea die letzte Ehre erweisen. Diese Frau hatte ihn immer freundlich und gut behandelt. Die anderen betrachteten ihn eher als eine Art Störenfried, der obendrein das Leben ihrer Tochter Gisela versaut hat, vielleicht sogar mitverantwortlich war für ihre Krankheitsausbrüche. So eine Psychose komme schließlich nicht von ungefähr.

Natürlich kümmerten sie sich um ihre Enkelkinder. Noch niemals hatten sie Ferdi ihre Hilfe verweigert, aber immer mit diesem gewissen Unterton. Er musste permanent Abbitte bei ihnen leisten. Dabei war besonders Hermann nicht unschuldig an Giselas Zustand, vielleicht sogar der Auslöser. Aber was wusste man schon über diese unheimlichen Geisteskrankheiten? Schuldig oder nicht schuldig waren in diesen Fällen keine Kriterien. Das wusste Ferdi. Dennoch war es unbefriedigend, keinen Verantwortlichen in dieser Sache benennen zu dürfen. Sei es drum. Was soll's!

Der Leichenschmaus fand in einer Gaststätte in der Heilbronner Straße statt, unweit des Friedhofes, im engsten Familienkreis. Die Familie hatte einen kleinen Raum gemietet. An drei kreisrunden Tischen wurde palavert, diskutiert, wie Hermann zu sagen pflegte. Als Ferdi den Tisch der beiden Brüder streifte, nickte Ernst ihm kurz zu. Die beiden Söhne schienen über Dorotheas Erbe zu diskutieren. Hermann hatte seine Trauer abgestreift wie einen zu engen Mantel. Unverhohlen fragte er Ernst, wie viel Geld Dorothea für dessen neues Fahrzeug hat springen lassen. Diese Summe müsste sich zwangsläufig auf das zu erwartende Erbe auswirken. Ferdi hatte nicht bemerkt, dass Hans sich geräuschlos genähert hatte.

»Jetzt wird das Huhn gerupft«, flüsterte er in Ferdis Ohr.

»Welches Huhn?«

»Das alte Huhn Dorothea.«

»Das ist der Lauf der Dinge. Wir zwei machen nun gute Miene zum bösen Spiel und lassen uns erst mal ein Bierchen schmecken. Einverstanden?«

An einem der Nebentische unterhielt sich Margot mit ihrer Schwägerin. Nach einigen aufgesetzten Komplimenten und gespielten Nettigkeiten kam sie schnell zur Sache. Sie hätte ohnehin ein schlechtes Gewissen gehabt, während Dorotheas Krankheit in den Urlaub zu fahren. Aber die Reise hätte sich nicht mehr stornieren lassen, und wenn doch, dann nur verbunden mit erheblichem Aufwand und Kosten. Aber sie hätte damit gerechnet, dass Ernst in der ersten Urlaubswoche, wie es eigentlich verabredet war, nach dem Rechten sehen würde und nicht erst gegen Mitte der zweiten Woche. Vielleicht hätte man damit einiges verhindern können?

»Ernst hat sich bei dieser Aktion fast den Hals gebrochen!« Elsa brachte ihren Stuhl in Position. »Derartige Anschuldigungen brauchen wir uns nicht bieten zu lassen!«

Sie sprang auf und begab sich zu ihrem Mann an den Nebentisch. »Komm Ernst, wir gehen. Hier haben wir nichts mehr verloren.«

Wortlos und verdutzt stand Ernst auf, ohne Hermann noch eines Blickes zu würdigen.

»Kann mir mal jemand sagen, was das alles zu bedeuten hat?«

Hermann stemmte seine Arme in die Hüften. Margot erzählte kurz die ganze Geschichte.

»Du konntest wieder einmal deinen Mund nicht halten.«

»Es gibt Dinge, die zur Sprache gebracht werden müssen. Ich nehme kein Blatt mehr vor den Mund.«

»Das hast du noch nie getan. Allerdings war das in dieser Situation völlig unangebracht.«

»Ich hätte noch mehr vom Leder ziehen können.«

»So? Was hast du ihr und uns denn noch vorenthalten?«

»Ich habe vergessen, Elsa zu beschuldigen meinen Büstenhalter geklaut zu haben.«

»Das wird ja immer bizarrer.«

»Überhaupt nicht. Ich vermisse ihn seit wir aus dem Urlaub zurück sind. Außerdem habe ich bemerkt, dass in meinem Kleiderschrank herumgewühlt worden ist. Niemand anderes als Elsa kann das gewesen sein.«

»Bevor sie Dorothea gefunden haben oder danach?«

»Das kann ich nicht sagen. Ich war schließlich nicht dabei.«

»Deine Behauptungen sind einfach nur absurd.«

Ferdi und Hans standen am Tresen und ließen sich ihr Bier schmecken.

»Wo hast du eigentlich Gisela gelassen?«, fragte Hans.

»Ich dachte schon, du erkundigst dich gar nicht mehr nach deiner Schwester.«

»Halbschwester.«

»Okay, Halbschwester. Sag mir jetzt nicht, dass du nichts davon weißt!«

Hans riss beide Arme nach oben.

»Sie hat sich wieder mal eine Auszeit in Winnenden genommen. Und diesmal für unbestimmte Zeit.«

»Mein Gott, und ich habe mich schon gewundert, warum du wie ein Schluck Wasser in der Kurve aussiehst.«

Hermann 1975

Llorett de Mar, am ersten Tag des neuen Jahres: Hermann stand auf dem Balkon seines Hotelzimmers und starrte auf den vor ihm liegenden Ort, der im Vormittagslicht flirrte. Es war kühl und die letzte Nacht steckte ihm noch in den Knochen. Obwohl er fröstelte, steckte er sich eine Zigarette in sein zerstörtes Gesicht. In diesem Jahr würde er vierundfünfzig Jahre alt werden; und er fühlte sich uralt. Vom Leben im Stich gelassen.

Es war, als hätte man ihm etwas aus dem Körper gerissen. Ein wichtiges Organ. Während er den Rauchwolken seiner Zigarette nachschaute, fragte er sich, warum?

Vielleicht war es die Trauer um Dorothea, seine Mutter, die ihn seit seiner Kindheit beschützt hatte oder zumindest versucht hatte, ihn zu beschützen. Eine Frau, die immer da war, sogar während der schlimmen Zeit des Krieges, trotz längerer Abwesenheit. Es war wie etwas, das tief ihn ihm steckte, wie eine Verwundung, die niemals vernarbte.

Die Stadt unter ihm war noch nicht erwacht. Die Straße lag wie ausgestorben vor ihm. Alles Leben musste erst einmal die Feierlichkeiten zum Jahreswechsel verdauen. Es war wie

Karneval, ein überbordendes Fest mit Maskerade und Konfetti, eine riesige Welle aus Musik und Tanz, die alles hinwegspülte; auch die finsteren Gedanken-für ein paar Stunden. Kein gutes Jahr in dieser Zeit, dachte Hermann, und drückte die Kippe in dem Aschenbecher aus, der neben ihm auf einem Beistelltisch stand. Dann griff er in die Tasche seines Bademantels, fischte die Zigarettenschachtel heraus und pulte nach dem nächsten Stäbchen. Die ganze Szene hatte etwas von einer Selbstkasteiung, denn inzwischen fröstelte er so stark, dass sein Körper zu zittern begann. Seine klammen Finger waren schon ganz blau.

Margot und er hatten sich in letzter Minute zu dieser Reise entschlossen. Last Minute sozusagen, nachdem Hans seinen Weihnachtsbesuch abgesagt hatte. Wieder war eine Wache dazwischen gekommen, sodass sich die lange Fahrt zeitlich einfach nicht rechtfertigen ließ. Langsam dämmerte Hermann, dass er sich Illusionen hingab. Es zeichnete sich immer mehr ab, dass sein Sohn nie wieder nach Hause zurückkehren würde.

Er dachte daran, was er getan hätte, wäre der Krieg nicht dazwischen gekommen. Der Krieg, der fortan seine junge Biographie dominierte. Damals war er froh, seinem prügelnden Vater zu entkommen. Es lief alles auf die Generationenfrage hinaus. Alt und Jung sollten niemals zusammenleben. So etwas ginge auf die Dauer nie gut, erzählte einmal ein weiser Mann, sein ehemaliger Arbeitskollege Fred Kupfer. Der hatte so seine Erfahrungen mit dieser Konstellation gemacht. Familie sei manchmal die Hölle.

Da fiel es ihm wie Schuppen von den Augen: Vielleicht bestand sein Problem darin, niemals den Schoß der Mutter verlassen und die Abnabelung nicht geschafft zu haben? Deshalb auch diese unstillbare Trauer. Es war der Rockzipfel, an dem er immer noch hing wie an einer nie abgetrennten Nabelschnur. Er nahm ein paar tiefe Züge aus seiner Zigarette und drückte sie im Aschenbecher aus. Jetzt war die Kühle nicht mehr auszuhalten. Er begab sich ins Hotelzimmer zurück und schloss die Balkontür hinter sich.

Margot schlief noch. Eines ihrer dicken Beine ragte aus dem zerflatterten dünnen Bettbezug, auf den eine dickere Wolldecke geworfen war. Die Spanier kannten keine warmen Federbetten. Hermann setzte sich auf einen kleinen, wackligen Stuhl am Bettende. Er war zusammengesunken wie ein schwer verwundetes Tier, die Augen blutunterlaufen, mit dicken Tränensäcken garniert, und nun von einem Hustenanfall geschüttelt, der Margot prompt aufweckte. Ihre Stimme klang kratzig, wie aus einem anderen Universum.

»Wie spät ist es?«

»Keine Ahnung, ich habe noch nicht auf die Uhr geschaut«.

»Aber schon eine Zigarette geraucht. Ich rieche den kalten Rauch bis hierher.«

»Er beleidigt deine Nase?«

»Allerdings.«

Margot kam mit dem Kopf hoch. Ihr graues Haar war an den Seiten zerzaust und gleichzeitig plattgelegen, wie eine verrutschte Perücke. Hermann fand, dass sie lächerlich aussah und wandte seinen Blick ab.

»Du hast zu tief ins Glas geguckt, mein Lieber.«

Da war sie wieder, diese außerirdische Stimme.

»Und wenn schon. Heute ist der erste Tag im neuen Jahr.«

Margot richtete sich auf und stellte ihre geschwollenen Füße auf den Teppichboden.

»Mal schauen, was uns das neue Jahr bringt. Vielleicht besucht uns unser Sohn Ostern.«

»Wenn nicht wieder was dazwischenkommt«, murmelte Hermann in sich hinein, stand auf, ging wie auf Eiern zu Margot hinüber und drückte ihr einen Kuss auf die Stirn.

»War ich wirklich so ein schrecklicher Vater?«
»Waren wir wirklich so furchtbare Eltern?«, antwortete Margot und wuchtete sich wie benommen von ihrem Bett hoch.
»Ich brauche jetzt erst mal eine heiße Dusche.«

Margot und Hermann 1975

Ostern 1975 erhielten Margot und Hermann erneut eine Absage von Hans. Diesmal kam allerdings nicht eine unvorhergesehene Wache dazwischen, sondern die Liebe. Anstelle eines Besuches erhielten sie eine Postkarte aus Paris. Dorthin schien das verliebte Paar geflohen zu sein, vor wem auch immer.

Hermann machte daraufhin in Dorotheas Wohnung Klarschiff. Er räumte den großen Kleiderschrank aus, inklusive der Aussteuer für Hans, die Dorothea nach alter Tradition über die Jahre gehortet hatte. Eine Aussteuer, auf die sein Sohn so wenig Wert legte, wie eine Kuh aufs Schlittschuhfahren. Also raus damit in die Altkleidersammlung. Danach wurde Dorotheas Bett auseinandergebaut und zu Feuerholz verarbeitet. Wenn man eine Ofenheizung besaß, war Holz ein Geschenk des Himmels. Am Ende stand Hermann keuchend und schwitzend vor Dorotheas leergeräumter Wohnung, die Arme in die Hüften gestemmt. Das fühlte sich wie ein Neuanfang an. Das Tier hatte seine alte Haut abgestreift und war bereit für eine neue.

Die beiden Eheleute beschlossen, aus Dorotheas ehemaligem Schlafzimmer ein Gästezimmer zu machen. Der Kleiderschrank konnte bleiben. Ein Gästebett und zwei Nachtschränke mussten neu erworben werden. Auf einer Anrichte planten sie, zur Erinnerung eine gerahmte Fotografie von Dorothea zu stellen. Das erwies sich als schwieriger als erwartet. Fotoalben wurden gewälzt, Behältnisse mit alten ausrangierten Fotos durchgestöbert. Es fanden sich kein brauchbaren Bilder. Wie war so etwas möglich? Kein Bild von einer Person, die über zwanzig Jahre im gemeinsamen Haushalt gelebt hatte.

Am Ende wurde man in einem alten Briefumschlag fündig, in dem ein Jugendbildnis lag: Dorothea, siebzehn Jahre alt. Eine junge Frau mit offenem Gesicht, einem strahlenden Lächeln und leuchtend hellen Augen. Ein Ereignis. So hatte Hermann seine Mutter nie gekannt. Jeder, der den Raum betrat und das Bildnis entdeckte, schüttelte erstaunt den Kopf, wenn Hermann erzählte, dass die Fotografie seine Mutter zeigte.

Margot hingegen konnte sich an Hans' Postkarte von Paris nicht sattsehen. Immer wieder kramte sie die Karte aus dem kleinen Küchenkörbchen, starrte auf den Eiffelturm und Notre-Dame und die anderen Sehenswürdigkeiten, die darauf abgebildet waren. Sie hätte

Paris gerne einmal kennengelernt: Die Stadt der Liebe. Aber irgendwie stand das nie auf dem Programm von Margot und Hermann. Warum auch immer. Stattdessen genoss ihr Sohn nun die Annehmlichkeiten und grandiosen Sehenswürdigkeiten dieser Stadt. Wie hieß seine Angebetete noch gleich? Sonja. Die Sonja aus dem Norden. Die Mara aus dem Süden war nun wahrscheinlich Geschichte. Aus und vorbei. Es würde, so ahnte Margot, nun wieder einige Zeit dauern, bis sie ihren Sohn zu Gesicht bekam.

Hermann und der Nachbar, Herr Kiesel, standen plaudernd am Gartenzaun.

»Sie können meine Garage mieten, wenn Sie dafür noch Verwendung haben«, sagte Hermann.

»Ich dachte, die hätten Sie für ihren Sohn reserviert, wenn er vom Bund zurückkehrt.«

»Hans hat ja noch keinen Führerschein.«

»Kann er aber beim Bund noch machen. Er ist doch Z4?«

»Er ist farbenblind.«

»Dann wird es schwieriger. Das weiß ich aus eigener Erfahrung.«

»Außerdem hat er dort oben ein Mädchen kennengelernt.«

»Und die möchte nicht umziehen?«

Nun entstand eine kurze Pause im Gespräch. Hermann schwieg einen Moment, als wage er nicht, das Unaussprechliche auszusprechen. Er stützte seine Ellenbogen auf die Kante des Metallzaunes: »Mal schauen, es ist alles offen.«

Dann, nach längerem Zögern, sprudelte es plötzlich aus ihm heraus: »Nein, ich denke nicht, dass er wieder zurückkommt.«

Familienaufstellung 1978

Am Ende kam doch alles anders, als zu erwarten war. Zuerst der Schock: Hans hatte seine Sonja geheiratet, mehr oder weniger ohne Publikumsbeteiligung. Lediglich zwei Trauzeugen wohnten der Zeremonie in Lübeck bei. Anschließend aß man beim Jugoslawen zu Mittag.
Für Margot war das alles zu viel. Sie brach mit einem Weinkrampf zusammen. Hermann stürzte wie von Sinnen in seinen Garten und begann mit allerlei unnützen Arbeiten. Dann kam ein Anruf aus Nordfriesland, also vom Ende der Welt. Eine knarzige Stimme sprach eine Einladung zu einer Familienfeier aus. Eine größere, angemessene Feierlichkeit sei geplant, von der die Kinder allerdings nichts wissen durften. Oberste Geheimhaltung sei unbedingt angesagt. Die Stimme gehörte dem Vater der Braut. Er musste seinen Namen Björn Ansgar mehrere Male wiederholen, weil Margot, die am anderen Ende des Hörers aufgeregt mit der Telefonschnur nestelte, ihn akustisch nicht verstand. Offensichtlich hatte Hans bei seiner neuen Familie auch seine Halbschwester Gisela erwähnt. Selbstver-

ständlich sei auch sie mit ihrem Mann zu den Feierlichkeiten eingeladen.

Die Familienmitglieder trafen sich Anfang September, auf dem Stuttgarter Hauptbahnhof. Giselas Gesundheitszustand war seit einiger Zeit stabil, sodass man mit Zuversicht die Reise antreten konnte.

Als die Koffer im Abteil verstaut waren und alle auf ihren Sitzen Platz genommen hatten, beugte sich Margot zu Gisela hinüber und zupfte ihr ein paar Fussel vom Ärmel ihrer bunten Strickjacke.

»Hast du was Ordentliches zum Anziehen dabei?«

»Was soll das denn heißen, Mutter?«

»Ich möchte mich nicht mit dir blamieren.«

»Was ja fast ausschließlich der Fall ist.«

»Müsst ihr euch immer beharken?«, zischte Hermann. Ferdi schaute irritiert auf die Deckenbeleuchtung und fragte sich, warum die in Zugabteilen Tag und Nacht eingeschaltet war. Dann wandte er sich mit ruhiger Stimme an seine Schwiegereltern.

»Für die nächsten acht Stunden müssen wir so eine Art Friedensvertrag aushandeln.«

»Wieso? Wir haben doch gar nicht gestritten«, mischte sich erneut Hermann ein.

»Nur diskutiert.«

Hermann nickte bestätigend.

»Du solltest dir lieber um die Klamotten deines Sohnes Gedanken machen. Wir wissen ja alle, wie der im Alltag herumläuft. Neuerdings nun auch noch mit langen Haaren und Vollbart.

Herrje, und nun ist er noch nicht einmal über seine Hochzeitsfeier informiert«, säuselte Gisela.

Margot ging gleich zum Gegenangriff über. »Mach dir mal über ungelegte Eier keine Gedanken.«

Der Zug fuhr mit lautem Pfeifen in den Feuerbachtunnel. Das Deckenlicht flackerte wie eine Kerze im Wind. Hermann kam von seinem Sitz hoch.

»Woher weiß Gisela das alles? Wir hatten doch Stillschweigen vereinbart.«

»Das eine hat mit dem anderen nichts zu tun.«

»Man wird sich ja noch ein Foto von seinem Bruder ansehen dürfen«, fügte Gisela schnippisch hinzu.

»Ich habe nichts verraten. Gegenüber Hans habe ich geschwiegen wie ein Grab«, setzte Margot hinzu.

»Und gegenüber Sonja?«

»Nun ja, mit Sonja habe ich über die Hochzeit gesprochen. Die beiden mussten sich ja vorbereiten«, antwortete Margot.

»Seit wir ein Telefon besitzen, hören die beiden nicht mehr auf zu schnattern.«

Hermann machte mit seinen Händen die entsprechende Handbewegung, den beidseitigen Entenschnabel, und Ferdi lächelte wissend. Dann wurde das Gespräch abrupt unterbrochen, weil der Schaffner die Abteiltür öffnete.

»Die Fahrkarten bitte.«

Als er Hermanns Kartenabschnitt mit seiner Zange bearbeitete, bemerkte er beiläufig, dass sie am Hamburger Hauptbahnhof umsteigen müssen.

»Wieso denn das?«

»Weil der Zug dort endet.«

»Wann sind wir denn in Hamburg?«, fragte Ferdi.

Der Schaffner schaute auf seine Armbanduhr und dann auf seinen Zugfahrplan.

»In siebeneinhalb Stunden.«

»Wie geht es von dort aus weiter?«

»Sie müssen am Hauptbahnhof die S-Bahn bis Hamburg Altona nehmen. Die fährt von Gleis 14. Aber ich erkundige mich noch genau und sage ihnen dann Bescheid. Von dort nehmen Sie dann den Zug Richtung Westerland auf Sylt. In Klanxbüll müssen sie dann aussteigen.«

Gisela atmete laut hörbar aus. »Wie lange dauert die Fahrt bis Klanxbüll?«

»Von Hamburg gute zweieinhalb Stunden.« Hermann ließ sich in seinen Sitz zurückfallen. »Dann haben wir ja noch einiges vor uns.«

Der Schaffner tippte mit der Hand an seine Mütze. »Ich wünsche Ihnen weiterhin eine gute Fahrt.«

In Hamburg mussten die erschöpften Passagiere mit ihren schweren Koffern die Bahnsteige wechseln. Treppe hoch. Treppe runter. Hier könne auch mal wieder gefegt und aufgeräumt werden, bemerkte Hermann. So einen schmuddeligen Bahnhof habe er schon lange nicht mehr, eigentlich noch nie, gesehen. Diese Zustände wären in Stuttgart undenkbar. In Altona warteten sie über eine Stunde auf den Anschlusszug. Dort erinnerte sich Margot an ihren ersten Sylt Urlaub. Eine eben solange Fahrt sei es gewesen. Am Ende mit der Bahn über den Hindenburgdamm. Links und rechts das brausende Meer. Nein, das sei ein Motiv auf einer Postkarte gewesen. Als ihr Zug damals über den Damm fuhr, konnte man das Wasser in weiter Ferne nur erahnen weil Ebbe war im Wattenmeer.

Als der Anschlusszug endlich abfuhr, sackte die Familie in ihre Abteilsitze. Je weiter sie nach Norden kamen, desto mehr öffnete sich das Land. Es schien fast so, als löse sich die Landschaft allmählich auf, bis auf ein paar vereinzelte Bäume und Sträucher, während sich der Himmel immer mehr auftat wie eine sich herabsenkende Leinwand.

»Fast unendlich«, flüsterte Ferdi.

Auf dem Bahnhof in Bredstedt angekommen, öffnete Hermann das Abteilfenster und schaute hinaus.

»Hier hat Dorothea gelebt.«

»Kaum zu glauben«, sagte Margot.

In Klanxbüll wurden sie erwartet. Ein fremder Mann mit Hut, der sich als Nachbar von Björn Ansgars ausgab, begrüßte die müden Passagiere.

Die Anreise von Lübeck war für Sonja und Hans weniger strapaziös. Mit dem Eilzug nach Kiel. Von dort mit einem Bummelzug über Rendsburg nach Husum. In Husum lagen die Fischerboote wie fast immer auf dem Trockenen. Die Bahnstrecke verlief hinter Husum nahe an der Geest. Die Boote sahen verloren aus. Die erste Vorahnung hatte Hans am frühen Abend als Nachbarn und Freunde von Sonjas Eltern mit Porzellanschüsseln, Tassen und anderem ausrangiertem Geschirr kamen und mit Getöse vor die Haustür warfen. Polterabend? Nach der eigentlichen Hochzeit? Schon komisch, dachte er. Dann

sah er, dass Sonja seinen guten Anzug einge-
packt hatte. Vielleicht war sie ja an dem Kom-
plott beteiligt. Sie hängte ihn auf einen Bügel
an die Schrankkante in der kleinen Dachkammer, in der sie jetzt gemeinsam übernachten
durften. Als unverheiratetes Paar wurden sie
immer auseinandergesperrt, mit Kellerstube
und Wohnzimmer dazwischen.

Und als Sonja schwanger wurde, bestand ihre
Mutter darauf, dass jetzt geheiratet werden
müsse, obwohl Sonja und Hans erst nach der
Geburt des Kindes aufs Standesamt gehen
wollten. Darin waren sich beide einig. Aber
der Druck aus der Familie in Nordfriesland
war so groß, dass er Sonja schlaflose Nächte
bereitete. Hans konnte das irgendwann nicht
mehr mit ansehen und war mit einer Hochzeit
im kleinen Kreis einverstanden. Aber nun,
schien sich noch ein größeres Unwetter anzu-
bahnen.

In dem großen Landgasthof war der große
Saal gemietet worden. Immerhin wurden
über hundert Gäste erwartet. Eltern und
Großeltern, Onkel und Tanten, Nichten und
Neffen, Cousins und Cousinen, Schwager
und Schwägerinnen, entfernte Verwandte,
Freunde und Nachbarn, die Kameraden von
Björn Ansgar von der freiwilligen Feuerwehr,
der Landfrauenkreis von Sonjas Mutter und

so weiter. Ganz großer Bahnhof. Dazu eine Kapelle, ein Discjockey und unterschiedliche Beiträge. Ein Showprogramm.

Einige Gäste waren wirklich einfallsreich. Die größte Überraschung war natürlich das Auftauchen von Hans' Familie aus Süddeutschland, wie immer wieder betont wurde. Der Dorfschullehrer Fiete Bahnsen stimmte sogar, leicht alkoholisiert, das Lied *Auf der schwäbischen Eisenbahn* an, und der halbe Saal grölte den Refrain mit. Die Süddeutschen bewegten sich wie Außerirdische in dieser ungewohnten Umgebung und wurden auch genauso beäugt. Sie durften an der langen Stirnseite des U-förmigen Tisches Platz nehmen, zur Linken des Brautpaares, während zur Rechten die nahen Verwandten der Braut saßen.

Gisela hatte so etwas noch nicht erlebt. Sie schien sich fortwährend zu fragen, ob sie träumte oder hellwach war. Sie schnippte an ihrem Sektglas und sah anschließend immer wieder auf die perlende Flüssigkeit in ihrem Glas, als handelte es sich um irgendeine bewusstseinserweiternde Droge. Sie konnte ohnehin keinen Alkohol vertragen. Irgendwann stieg wieder die kalte Eifersucht in ihr auf. Irgendwie war Hans dem Käfig entschlüpft; und das machte sie unsagbar wütend. Dazu kam, dass er sie während der ganzen Feier kaum eines Blickes würdigte. Nicht genug, dass seine Begrüßung eher kühl ausfiel, gerade einmal für eine kurze Umarmung reichte. Er schien beinahe verärgert zu sein, sie und den Rest seiner Familie hier zu sehen. Dann wurde vom Discjockey *My Sweet Lord* aufgelegt und Ferdi forderte Gisela zum Tanz. Sie konnten das allemal besser als das Brautpaar, das sich beim Eröffnungstanz, dem Hochzeitswalzer, ganz schön abgemüht hatte.

My Sweet Lord war etwas Besonderes für Ferdi. Etwas, das unter größte Geheimhaltung fiel. Ein Vier Minuten und dreiundvierzig Sekunden dauernder Ausbruch aus seiner monotonen Ehe. Er hielt Gisela in seinen Armen und dachte an eine andere Frau, die vielleicht in irgendeinem Wolkenkuckucksheim auf ihn wartete, in einer anderen Galaxie. Auf jeden Fall in einer unerreichbaren Welt.

Hermann und Margot saßen steif nebeneinander und warteten auf den Schneewalzer, der ja irgendwann einmal kommen musste, wenn ihre Erinnerungen an derartige Feierlichkeiten sie nicht trügten. Hermann fühlte sich ein bisschen wie Falschgeld neben all dieser norddeutschen Knurrigkeit.

Eben noch hatte sich ein Arm um ihn gelegt und eine Wolke von Zigarrenduft nahm ihm

fast den Atem. Björn Ansgars Vater, der Alt-
bauer Johann, hatte sich, leicht angesäuselt,
über ihn gebeugt, um ihn so nebenbei zu fragen, wie ihm denn das Essen geschmeckt
habe, das opulente Drei-Gänge-Menü: Hoch-
zeitssuppe, Rind- und Schweinefleisch nach
Wahl, Kartoffeln, Bohnen und Karottenge-
müse, Pudding oder Eis mit heißen Kirschen
und Schlagsahne. Um Mitternacht würde
noch Kaffee und Kuchen gereicht.
»Lecker«, bestätigte Hermann im Brustton
der Überzeugung in einen neuerlichen
Rauchschwall hinein. Dann kam der Alte
doch noch zur Sache. Der Bräutigam seiner
Enkelin sehe aus wie Jesus Christus mit seinem langen Vollbart. Ob man dagegen nicht
etwas unternehmen müsse. Da fehlten ja nur
noch die Latschen, dann sei das Bild kom-
plett. Hermann nickte, mit einem gequälten
Lächeln auf den Lippen. Dann kam der
Schneewalzer und Hermann zerrte seine Margot auf die Tanzfläche. Luft ablassen.
Was bildet sich der Hinterwäldler-Opa eigentlich ein, so über meinen Sohn zu sprechen, dachte Hermann, während er mit Margot seine Runden drehte. Ein Mann, der sich
sein ganzes Leben weniger als tausend
Schritte von seinem Bauernhof entfernt hatte.
Auf seiner Scholle blieb, während die Welt

um ihn herum in Flammen aufging. Hat dieser Mann jemals gehungert oder Dreck gefressen? Hermann musste aufpassen. Er durfte sich nicht weiter in eine unkontrollierte Wut hineinsteigern.

»Ich muss mal an die frische Luft«, sagte er zu Margot.

»Ich komme mit.«

Die beiden verließen den von Feierdunst schwitzenden Raum. Draußen schlug ihnen die kühle Nachtluft entgegen. Margot atmete tief durch. Hermann steckte sich eine Zigarette ins Gesicht. Hinter dem großangelegten Parkplatz verlief die Straße und dahinter, bis zu dem schwarzen Horizont, erstreckten sich Fennen, in denen das Vieh raunte. Geräusche von scharrenden Hufen, ab und an ein zaghaftes Muhen, drang durch die Dunkelheit zu ihnen hinüber.

»Fühlst du dich hier an deine Heimat erinnert?«

Hermann nahm einen tiefen Zug aus seiner Zigarette.

»In Geographie hattest du bestimmt eine glatte Sechs«, fügte er mit einem Lächeln hinzu. »Ich komme aus dem Osten und nicht aus dem Norden.«

Hermann schnippte seine Kippe weit von sich.

»Um es auf den Punkt zu bringen. Meine Heimatstadt ist von hier mindestens siebenhundert Kilometer entfernt und ich fühle mich hier wie auf einem fremden Planeten.«

»Lass uns wieder zu den Kindern gehen«, sagte Margot.

Hermann 1979

Er konnte es nicht lassen. Es war wie eine Sucht: dieses ständige Herumwerkeln. Das *Tun*, wie er es nannte. Er hatte viel geschafft, seit dem Einzug 1961. Zwei Dachgauben im obersten Stockwerk, die die beiden Räume, Hans' Jugendzimmer und das Schlafzimmer, hell und freundlicher aussehen ließen. Im Parterre hatte er Dorotheas Wohnung ausgebaut und ihre Wohnstube um gute zwei Meter verbreitert. Die Hoffläche unter dem Balkon gehörte jetzt zu ihrem Zimmer. Ein großes Doppelfenster gab den Blick auf die Gartenfläche frei, auf deren linker Seite Hermann 1974 eine Garage bauen ließ: für das Auto seines Sohnes. Hatte er noch etwas vergessen bei seiner Bilanz? Ach richtig: Im Parterre, neben der Tür nach draußen, wurde eine Dusche eingebaut und im ersten Stock eine kleine Toilette.

Inzwischen war das Haus abbezahlt und die ganzen Umbauten ebenfalls. Wenn er etwas richtig gut konnte, dann war es mit Geld umgehen. Er war nicht geizig aber sparsam bis zur Schmerzgrenze, wie ein Freund ihm gegenüber einmal scherzhaft erwähnte. Das war für ihn ein Kompliment. Er hatte einen guten

Bankberater, Bausparverträge, Prämienspar-
konten und einiges mehr. Sein Schwarzarbei-
ten hatte sich über die Jahre ausgezahlt. Er
plante wieder ein größeres Projekt. Ganz in
der Nähe, am Ende der Siedlung, stand ein
Haus zum Verkauf. Darum wollte er sich in-
tensiv kümmern. Ja, es galt die Zeit zu nutzen.
Er wollte etwas von bleibendem Wert schaffen. Und er gab die Hoffnung nicht auf, dass
Hans und seine Familie vielleicht eines Tages
doch noch zur Vernunft kämen. Hier in Süddeutschland hatte man beruflich entschieden
mehr Möglichkeiten, aus seinem Leben etwas
zu machen als in der ärmeren Nordregion.
Er hatte es selbst gesehen, selbst erlebt. Der
letzte Besuch bei seinem Sohn steckte ihm
noch in den Knochen. Das was er dort gesehen hatte, gefiel ihm überhaupt nicht. Scho-
ckierte ihn sogar. Allein die Wohnung, in der
die jungen Leute mit ihrem Baby hausten, be-
scherte ihm einige schlaflose Nächte. Fünfundvierzig Quadratmeter unter dem Dachju-
che. Im Kinderzimmer und in der Küche
konnte man nicht aufrecht stehen, wenn man
aus den kleinen Fenstern nach draußen
schauen wollte. Badezimmer und Toilette waren so klein, dass man sich kaum bewegen
konnte. Das Schlafzimmer hatte überhaupt
kein Fenster, nur ein undichtes Oberlicht,

durch das Regenwasser tropfte. Im Wohnzimmer bekam man mit vier Personen Platzangst.

Seinem Sohn und seiner Frau Sonja schien das alles nichts auszumachen. Sie nannten ihre Umgebung romantisch, die Wohnung eine Kuschelhöhle, während Margot und er auf dem Fußboden im Kinderzimmer schlafen mussten – auf einer Thermomatte im Schlafsack. Margot war nicht in der Lage, alleine von ihrem Nachtlager aufzustehen und auch er selbst hatte große Mühe, sich am Morgen auf die Beine zu stellen. Schließlich war er kein junger Mann mehr, sondern fast sechzig Jahre alt. Jedenfalls machte er aus seinem Herzen keine Mördergrube, sondern ließ bei seinem Sohn und dessen Frau ordentlich Dampf ab. Er gab zu, entsetzt über deren Wohnverhältnisse zu sein, und handelte sich damit vor allem den Unmut seiner Schwiegertochter ein, die anschließend kaum noch mit ihm sprach und ihm immer wieder ihr Baby entzog.

Zu allem Übel passierte ihm dann beim Schieben des Kindeswagens ein kleines Missgeschick. Auf der Straße, kurz hinter der Haustüre, übersah er einen Kantstein und geriet mit dem Wagen ins Trudeln, was Sonja mit einem spitzen Schrei und unflätigen Kommentar quittierte. Danach war die Stimmung ganz im Keller. Hans versuchte, das musste er ihm zugutehalten, zu vermitteln und sprach offen über die finanzielle Situation der kleinen Familie. Er habe zwar eine gut bezahlte Stelle als Sachbearbeiter in einem kaufmännischen Kontor, allerdings müsse er auch den Unterhalt der Familie alleine bestreiten seit das Kind auf der Welt sei. Darum könne man sich schlicht und einfach keine größere Wohnung leisten.

Am vorletzten Tag der Reise hellte sich die Stimmung dann wieder auf. Sie machten einen Ausflug nach Ratzeburg. Mit einem kleinen Dampfer fuhren sie die Wakenitz hinunter bis zum Ratzeburger See. Zuweilen ganz dicht an der deutsch-deutschen Grenze entlang, wo die Wakenitz nur unwesentlich breiter als das Schiff war. Im Unterholz, auf der linken Uferseite, sah man die Grenzsoldaten der DDR patrouillieren. Die Zweige der Uferbäume baumelten dicht über ihren Köpfen. Margot bemerkte, dass ihr das alles unheimlich vorkam, gleichzeitig sah er ihr an, dass sie auch fasziniert war von der Situation.

Auf dem Ratzeburger See begann der Kapitän, die nähere Umgebung zu kommentieren. Aus dem knarrenden Lautsprecher klang seine Stimme wie aus einem Megaphon. Die linke Uferseite gehörte bereits zu Mecklenburg und war somit DDR-Territorium. Niemals zuvor war Hermann wieder so dicht an seiner ehemaligen Heimat gewesen und er ertappte sich dabei, wie ihm ein kalter Schauer über den Rücken lief. Das steil ansteigende Land und die bewaldeten Hügel erinnerten ihn an seine verlorene Heimat Pommern. Es berührte ihn derart, dass er seiner Familie nicht mehr in die Augen sehen konnte, sondern sich abwenden musste, weil er sich seiner plötzlichen Tränen schämte. Er entfernte sich ein paar Schritte auf dem Oberdeck, hielt sich zitternd an der Reling fest und staunte, wie Gegenwart und Vergangenheit vor seinen Augen miteinander verschmolzen. In Ratzeburg hatte er sich wieder gefangen. Auf der Dominsel steckte er Hans von den anderen unbemerkt einen Umschlag zu. »Damit ihr besser über die Runden kommt«, flüsterte er.

Am Ende hatte Hermann zu hoch gepokert. Das Haus in der Siedlung wurde einem anderen Käufer zugesprochen. Er hatte dem Verkäufer im Vorfeld einige Mängel aufgezeigt und wollte auf diese Art und Weise den Kaufpreis drücken. Das hat in letzter Konsequenz nicht funktioniert. Was soll's, dachte Her-

mann, wie gewonnen zu zerronnen. Aber er
war kein Mann, der so leicht aufgab.

Margot 1980

Im Februar 1980 wurde Margot einundsechzig Jahre. Sie war schon zwei Jahre mit einer Erwerbsunfähigkeitsrente zu Hause.

Ihre letzten Berufsjahre waren durchzogen von einem Flickenteppich aus Krankheiten: Thrombosen, Venenentzündungen, eine beginnende Diabetes, Unfälle. Einmal trat sie sich eine herumliegende Nadel in den Fuß, als sie barfüßig in der Küche nach ihren Kreislauftabletten suchte. Ein anderes Mal verstauchte sie sich den Fuß, als sie im Flur auf einem Läufer ausrutschte. Die Liste ließe sich beliebig fortsetzen. Ihre letzten beiden Berufsjahre war sie mehr krank als arbeitsfähig. Dann zogen ihre Ärzte einen Schlussstrich und beförderten sie in den Vorruhestand. Eine große Umstellung. Das hatte sie nicht erwartet. Es unterschied sich von den Krankheitstagen. Sie wusste nicht, warum es so war. Sie hatte das Gefühl, ihr würde die Decke auf den Kopf fallen. Sie konnte sich im Haushalt nützlich machen: Kochen, Putzen und Wäsche machen. Die üblichen hausfraulichen Tätigkeiten warteten mit ausgestreckten Armen auf sie. Jedoch außerstande diese Aufgaben anzunehmen, verbrachte Margot ihre Tage im

Sessel oder Liegestuhl, wo sie dumpf vor sich hinbrütete, als lauerten in jeder Ecke ihres Hauses unsichtbare Gefahren. Schmutz und Dreck übersah sie wie ungeliebte Verwandte. Ihre Situation änderte sich erst, als sie ihre alte Schulfreundin Zilly wieder traf, die ebenfalls frühverrentet war. Parkinson war ihr ständiger Begleiter. Die beiden Frauen unternahmen fortan allerhand zusammen: Spazierten über die Königsstraße, gingen ins Kino; während der Saison in die Besenwirtschaften von Ober- und Untertürkheim.

Das Alltagsgrau lichtete sich, die Tage wurden heller und freundlicher, und ihre Krankheiten verschwanden; verzogen sich wie scheue Tiere ins Nirgendwo.

Im März 1980 stand Margot auf einem Bahnsteig im Stuttgarter Hauptbahnhof und wartete auf den Besuch aus dem hohen Norden. Nach Hans und Sonjas nachgeholter Hochzeitsfeier hatten sich die Elternpaare angenähert. Björn Ansgar und Lisbeth hatten die beiden Süddeutschen in Nordfriesland herumgeführt. Zuerst ging es nach Dagebüll auf die Mole. »Das Tor zu den Inseln Föhr und Amrum.«

Björn Ansgars Stimme drohte im Möwengeschrei unterzugehen. Sie standen lange im Wind, bis die Autofähre endlich ablegte. Im

188

Wattenmeer herrschte Niedrigwasser. Die Schiffsschraube der Fähre wirbelte beständig Sand auf. Tiefbraun schimmerte das aufsprudelnde Wasser. Margot und Hermann waren fasziniert von dieser fremden Welt. Auch der anschließende Besuch auf der Insel Sylt war erinnerungswürdig. Sie fuhren bis Klanxbüll mit dem Auto und stiegen dann in den Personenzug nach Westerland um. Margot erinnerte sich dort an ihren ersten Besuch auf der Insel. Zuerst an die Fahrt über den Hindenburgdamm. 1955, das aufbrausende Wasser links und rechts des Damms. Es hatte sich etwas verändert, seit dieser Zeit. Heute war weniger Meer.

»Damals war bestimmt Hochwasser«, meinte Björn Ansgar. Sicher sei allerdings, dass seit geraumer Zeit Landgewinnung betrieben wurde. Durch gezielte Anpflanzungen wurde dem Meer immer mehr Fläche abgerungen. Somit sei ihr gegenwärtiger Eindruck erklärlich.

»Früher war tatsächlich mehr Meer«, lachte Björn Ansgar. Er war ein zugewandter Charakter. Ein gesprächiger Mensch, und er erinnerte Margot unbewusst an jemand anderen, an eine für sie wichtige Person. Die Friedrichstraße in Westerland war teilweise in eine Fußgängerzone umgewandelt worden.

»In den fünfziger Jahren herrschte dort noch reger Autoverkehr«, erzählte Margot. »Auch schon damals wollte man sehen und gesehen werden, im Sportwagen mit protzigem Habitus und entsprechender Garderobe; am liebsten mit einem Champagnerglas in der Hand. Solche Eindrücke konnte man bereits in den Fünfzigern sammeln. Ebenso sehenswert waren die Schwarzweiß-Postkarten mit nacktem Konterfei. Frauen, die auf den Dünen oder am Strand posierten. Alles sehr geschmackvoll arrangiert.«

»Heutzutage stehen die Dünen unter Naturschutz und dürfen nicht mehr betreten werden«, sagte Björn Ansgar.

Margot schaute auf ihre Armbanduhr. Jetzt müsste der Zug bald eintreffen. Es war schon lange her, dass Margot jemanden auf einem Bahnsteig erwartete: fast vierzig Jahre. Während des Zweiten Weltkrieges stand sie voller Sehnsucht und wartete auf ihren ersten Mann, den Vater von Gisela. Ein Lächeln huschte über ihr Gesicht. Sie hatten sich einige Male verpasst in dieser Zeit. Zuerst stand sie auf einem anderen Bahnsteig, während ihr Fronturlauber schon längst zu Hause war. Regen tröpfelte in ihr Gesicht. Sie fröstelte. So genau war ihre Erinnerung. Ein weiteres Mal wurde der Urlaub ihres Gatten im letzten

190

Augenblick von der Kommandantur kassiert. Sie blieb ratlos und verärgert zurück, bis eine Sirene sie zwang, den Bahnhof zu verlassen und den nächsten Luftschutzbunker aufzusuchen.

Jetzt konnte sie die dreiäugige Lokomotive erkennen. Wie eine nervöse Schlange bewegte sie sich auf die Bahnhofshalle zu. Margot trat ein paar Schritte zurück und ließ Lokomotive und Waggons mit Getöse an sich vorbeiziehen bis das Ungetüm schließlich zum Stehen kam. Türen wurden geöffnet, Menschen mit Koffern verließen ihre Abteile, betraten sicheren Boden. Dann sah sie Björn Ansgar, oder auch nicht. Sie sah ihren Mann, ihren ersten Mann. Meine Güte! Diese Ähnlichkeit. Wie er den Koffer hielt, das dunkle Haar, die große, kräftige Gestalt. Ihr war so, als müsste sie im Erdboden versinken. Wie war so etwas möglich? Sie hob ihren Arm zum Gruß, um sich bemerkbar zu machen, um von ihm gesehen zu werden. Um ihn zu empfangen, in die Arme zu schließen...Björn Ansgar winkte kurz. Hinter ihm entdeckte Margot jetzt Lisbeth und erlangte augenblicklich ihre Fassung wieder. Zur Begrüßung reichte man sich die Hand.

Hans 1983

Er erkannte Mara sofort. Sie hatte sich kaum verändert, nur dass sie inzwischen eine erwachsene Frau geworden war. 27 Jahre alt und unverheiratet, wie sie am Telefon berichtete. Nun stand sie etwas unschlüssig, die Hände in den Manteltaschen, in der frostigen Februarkälte. Hans ging einen leichten Bogen um sie herum, näherte sich ihr von hinten und legte ihr seine flachen Hände auf die Augen. Was für eine Überraschung! Mara lächelte. »Alle Achtung, pünktlich wie die Maurer.« Flüchtig blickte sie auf ihre Armbanduhr. Sie hatten sich telefonisch verabredet: 18 Uhr vor der Buchhandlung *Wittwer* am Schlossplatz. »Genau so kennt man mich. Nicht wahr?« Mara blickte ihm fest in die Augen. Es war ein unergründlicher Blick. »Ich kann mich nicht mehr erinnern.« Sie schlug eine Lokalität auf dem kleinen Schlossplatz vor. Hier sei in den letzten Jahren viel entstanden. Man könne dort sitzen und etwas essen, ohne vorher einen Tisch bestellt zu haben. Hans war einverstanden. Mara ging voran, die Treppen hinauf. Oben blieben sie einen Moment stehen und sahen über den Platz: Der alte Pavillon am Rande des Schlossgartens stand noch an seinem Platz; jetzt im Winter war er verwaist und mit einer dünnen Schicht Raureif bedeckt. Hans fragte sich, ob zur Sommersaison immer noch Konzerte darin stattfanden: Sonntagmorgen-Frühschoppen zum Beispiel. Das neue Schloss lag erstarrt wie ein regungsloses Tier. Dahinter im Dunst, auf der Anhöhe, die Silhouette des Fernsehturms.

»Immer wieder schön.« Mara führte Hans an der Hand ins Restaurant. Direkt zu einem Zweiertisch am Fenster.

»Hier kann man vorbeigehende Menschen beobachten.«

»So..«

»Na ja, wenn uns die Gesprächsthemen ausgehen«, setzte Mara lächelnd hinzu.

»Da habe ich keine Befürchtungen.«

Eine Kellnerin brachte die Speisekarten.

»Ich glaube, ich möchte gern mal wieder Maultaschen essen. Die gibt es bei uns im Norden leider nicht.«

Die Kellnerin blätterte in der Speisekarte: »Da haben wir eine große Auswahl.«

»Großartig.« Mara bestellte sich ein Bier und einen großen Chefsalat.

»Für mich bitte auch ein Bier«, rief Hans der davoneilenden Bedienung hinterher.«

Nach dem Essen kramte Hans eine Handvoll Fotografien aus seiner Brieftasche und schob sie zu Mara hinüber.

»Das sind meine Frau und meine beiden Söhne.«

»Respekt. Du hast es geschafft, eine Familie zu gründen.«

»Ja, wer hätte das gedacht, nicht wahr?«

»Hast dem freien Leben eine Abfuhr erteilt.«

»Das freie Leben. Manchmal gibt man sich einfach Illusionen hin.«

»Über ein freies, ungebundenes Leben?«

»Ich jedenfalls bin glücklich mit meiner Familie.«

»Das ist schön für dich.«

Mara schnippte nach der Kellnerin.

»Ich brauche jetzt etwas zur Verdauung.«

»Gute Idee.«

Als die Kellnerin die beiden Schnapsgläser auf den Tisch stellte, fragte Mara, warum er allein, ohne seine Familie hergekommen sei.

»Wegen der Eisenbahn.«

»Wie bitte?«

Mara schaute irritiert.

»Nun ja, ich besitze seit meiner Kindheit eine Märklin Modelleisenbahn. Die Teile dafür hatte mein Vater auf dem Dachboden gelagert. Die möchte ich für meine Jungs in Lübeck installieren.«

»Habt ihr denn Platz dafür?«

»Wir haben uns letztes Jahr ein Haus gekauft. In einem der Schuppen kann ich die Bahn aufbauen.«

»Wie habt ihr das Haus finanziert? Deine Frau kann doch sicher wegen der Kinder nicht arbeiten.«

»Meine Eltern haben den Löwenanteil finanziert. Meinem Vater war in Stuttgart ein Hausobjekt durch die Lappen gegangen.«

»Und dann wusste er nicht wohin mit seinem ganzen Geld?«

»So ungefähr. Ich wollte zuerst nicht. Aber unsere alte Wohnung platzte aus allen Nähten und wir wollten uns sowieso nach einer größeren Behausung umschauen. Aber das war unheimlich schwierig.«

»Wieso?«

»Wir bekamen den Eindruck, dass kein Mensch eine Familie mit zwei Kindern haben wollte. Immer wieder gab es Einwände. Da passte der Vorschlag meines Vater wie die Faust aufs Auge.«

»Warum hattest du Bedenken?«

»Wegen der immerwährenden Dankbarkeit. Meine Eltern wollen seitdem immer gebauchpinselt werden. Bei jeder Gelegenheit schmieren sie uns aufs Brot, dass wir ohne ihr Geld noch immer in unserer kleinen Mietwohnung säßen. Meine Mutter ist da besonders penetrant.«

»Ich verstehe.«

Am späten Abend landeten die Beiden in einer nahe gelegenen Discothek. Ein Ambiente, wie in alten Zeiten. Rolle rückwärts in die Jugendzeit. *Papa was a Rolling Stone.* »Lass uns tanzen!« Mara zog Hans auf die Tanzfläche. Sie wirkte zunehmend gelöster. Unter dem Stakkato der Lichtorgel hielt sie die Augen geschlossen und gab sich ganz der Musik hin. Das war Soul. Das waren die Temptations, der Groove der frühen siebziger Jahre. Hans stieg in den Rhythmus mit ein, wiegte seinen Körper in den Basslinien, sah wie Mara sich verausgabte; den Kopf schüttelte. Ihre wehenden dunklen Haare wirbelten vor ihrem Gesicht wie Derwische. Es ging weiter und weiter: *Masterpiece,* dann noch Rare Earths *Get Ready*, 21 Minuten und 29 Sekunden lang, bis zur absoluten Erschöpfung.

Als sie die Diskothek verließen, schneite es. Dicke Flocken, die unter den Straßenlaternen tanzten wie in einer romantischen Filmkomödie. Minutenlang hielten sie ihre Gesichter in das Schneetreiben.

»Wollen wir nach Hause gehen«, flüsterte Mara.

»Ich dachte, wir nehmen bei diesem Wetter ein Taxi.«

»Bitte nicht. Lass uns zu Fuß gehen. Es ist so eine schöne, so eine unvergessliche Nacht.« Mara ergriff seine Hand und führte sie in ihre Manteltasche. »So werden wir nicht frieren.« Ihre Lippen an seinem Ohr erzeugten eine Gänsehaut, ein vibrierendes Auf und Ab seinen Rücken hinunter bis in die Lenden.

Sie gingen ein Stück durch den Schlosspark und passierten das neue Schloss. Die Stadt schien verlassen, ausgestorben wie nach einer schweren Epidemie. Nicht ein Auto war auf den verschneiten Straßen zu sehen. Hinter dem Charlottenplatz nahmen sie die Anhöhe. Auf halber Höhe bogen sie links ab. Am Kamm, der Richtung Ostheim führte, erreichten sie die Schwarenbergstraße. Der zunehmende Schneefall erstickte sämtliche Geräusche. Wie in Watte gehüllt schienen sie über der Stadt zu schweben, deren Lichter wie Sterne leuchteten. Es war perfekt. Kein Regisseur hätte es besser inszenieren können.

Deshalb war es zwecklos sich gegen das Drehbuch zu wehren. Jeder Schritt folgte dem vorangegangenen. Eine gut geölte Maschine machte sich an die Arbeit. In der Nische eines Hauseingangs küssten sie sich das erste Mal. Das erste Mal seit Jahren. Ihre kalten Nasen fügten sich in eine perfekte Symmetrie, eine stumme Vertrautheit. In der Höhle ihrer Münder flackerte ein Feuer. Vom Wind, nein, von einem Sturm entfacht, dem ihre Gemüter nichts entgegen zu setzen hatten. Sie wurden mitgerissen wie Treibholz in einem reißenden Fluss. Vor ihrer Haustür angelangt, sie hielt ihren Wohnungsschlüssel schon in der Hand, stellte sie fest, dass Hans am ganzen Körper vor Kälte zitterte.

»Komm mit rein. Ich mache uns erst mal einen heißen Tee.«

Hermann und Hans 1984

Hermann auf dem kleinen Hofplatz, hinter dem Haus von Hans und Sonja, tauchte einen großen Pinsel in einen Eimer mit weißer Farbe. Er strich die steinerne Mauer, die Abgrenzung zur Kellertreppe. Eine helle Farbfläche entstand, die sich von der dunkleren roten Backsteinwand der Hausrückseite absetzte.

Nach getaner Arbeit stemmte er die Arme in die Seiten und begutachtete sein Werk. Das Ergebnis war recht ordentlich und würde sicherlich auch die Zustimmung seines Sohnes finden. Hermann berührte mit der flachen Hand sein Kinn. So einfach war es nicht, den Kindern alles recht zu machen!

Dabei waren Margot und er gekommen um zu helfen, denn die temperamentvollen Enkel beanspruchten das gesamte Zeitkontingent ihrer Eltern. Angesagt waren fast ausschließlich Kinderbeschäftigung und Bespaßung. Das hätte es zu seiner Zeit nicht gegeben. Da herrschte noch Zucht und Ordnung. Aber das stand auf einem anderen Blatt. Das tat nichts zur Sache. Jedenfalls gefielen Sonja die kurzen Gardinen, die Margot fürs Schlafzimmer ausgesucht, und angebracht hatte, überhaupt nicht. Der erste Stein des Anstoßes. Dann hatte Margot einer Nachbarin über den Gartenzaun hinweg großspurig erzählt, sie habe ihren Kindern das Haus hier geschenkt und dabei anerkennende Blicke geerntet, was Sonja mitbekommen hatte, weil sie keine drei Meter entfernt an der Mülltonne stand. Da war Margot fünf Minuten von dem großen Zerwürfnis entfernt und merkte es nicht einmal. Alles in allem also keine einfache Konstellation, diese Arbeitsgemeinschaft.

Nur der erste Tag verlief ohne Reibereien. Hans hatte seine Eltern vom Bahnhof abgeholt. Sie nahmen den Stadtbus bis zur Marlistraße. Hans trug Margots Tasche und Koffer. Hermann ließ sich seinen Koffer nicht aus der Hand nehmen und Sonja hatte zur Ankunft einen kleinen Imbiss vorbereitet. Es wurde gelacht. Die beiden Jungs tobten um die Erwachsenen herum. Nur ein einziges Mal lächelte Margot leicht säuerlich.

Am zweiten Tag gab es zum Abendbrot Käsefondue, was Hermann und Margot überhaupt nicht kannten und auch nicht mochten und sie auch deutlich zum Ausdruck brachten. Margot konnte einfach ihren Mund nicht halten. Daraufhin besorgte Hans ein paar Seeaale, die er sorgfältig mit Butter briet, und landete damit am nächsten Tag einen vollen

Erfolg. Aal und Kartoffelsalat, das beruhigte die Gemüter. Kurzfristig. Hausfrauliche Ratschläge von Margot, an Sonja gerichtet, brachten alles wieder in eine Schieflage und sorgten für Kabbeleien zwischen den beiden Frauen. Irgendwann griff Hermann sich den Farbeimer und Pinsel und verschwand in Richtung Hof. Den Aalköpfen auf dem kleinen Teller waren all diese Reibereien völlig egal. Schnurzpiepegal. Sie hatten am Tag zuvor ihren großen Auftritt gehabt, als Hans ihre Köpfe vom Körper trennte und auf dem Teller drapierte. Zum Erstaunen und Entsetzen der Kinder bewegten sich ihre Mäuler noch, während ihre schwarzen Augen ausdruckslos ins Leere starrten. In dieser Zeit vollführten die beiden Jungs eine Art Kriegstanz um diesen grausamen Teller – ein Tanz voller Abscheu und Faszination.

Jetzt interessierte sich nicht einmal mehr Moritz, die Hauskatze, für diese Mahlzeit. Sie strich zwar eine ganze Zeit um den Teller herum und schnupperte an den Köpfen, ging dann aber wieder auf Abstand. Hermann beobachtete die Szene und dachte daran, dass dies ein schlechtes Omen sein könnte, griff sich den Teller und schüttete den Inhalt in die Mülltonne. Aber es war zu spät. Am Abend wurde die Vorsehung zur Gewissheit, das

Zerwürfnis zur Vollendung geführt. Nachdem Sonja und Hans die Kinder zu Bett gebracht hatten, wurde eine Flasche Rotwein entkorkt. Man wollte in traulicher Runde den Abend genießen: mit Salzgebäck und Smalltalk.

Dann kam es doch anders. Irgendwo steckte ein Stachel im Fleisch. Der musste gezogen werden. Die Bemerkung Margots über Kindererziehung in diesen modernen Zeiten wurde noch weitgehend ignoriert und schnell abgelegt. Dann ging es um Dankbarkeit. Eigentlich um den Mangel an Dankbarkeit der älteren Generation gegenüber. Das war der Stachel. Er wurde gezogen und ins nächstliegende Fleisch getrieben. Plötzlich stand Sonja wie von der Tarantel gestochen auf und schrie wie von Sinnen in die Gesichter ihrer Schwiegereltern hinein: »Wir wollten und wir wollen euer Scheißgeld nicht. Danke, wir verzichten. Lasst euch in eurem Scheißgeldmisthaufen begraben!«

Margots Mund stand offen wie ein Scheunentor; als wollte sie etwas entgegnen, ohne die richtigen Worte zu finden. Ohne Worte. Hermann stand auf und verließ den Raum, als Margot die Tränen in die Augen schossen.

Sonja trat ebenfalls die Flucht nach vorne an. Hans hörte ihre schnellen Schritte auf der

Treppe nach oben, während er kurz an seinem Weinglas nippte, aufstand und seine weinende Mutter ihrem Schicksal überließ.

Über den Flur ging er nach draußen auf den Hof, wo es noch schwach nach Farbe roch. Dann sah er, dass in der Werkstatt Licht brannte. Hermann stand vor der Platte, auf der Hans und die beiden Jungs Eisenbahnschienen verlegt hatten. Das Projekt Eisenbahn war noch nicht abgeschlossen, weder Weichen noch Signale vollständig angeschlossen. Alles sah nach Stückwerk aus. Hermann hatte den Trafo angeschlossen und setzte eine kleine Dampflokomotive auf die Schienen.

»Die alte 300er. Gehörte damals zur Grundausstattung.«

»Ich weiß. Ich kann mich noch sehr gut erinnern. Ist über fünfundzwanzig Jahre alt, das gute Stück.« Hermann holte einen Personenwagen aus der ramponierten Verpackung und stellte ihn hinter die Lokomotive auf das Gleis. »Dazu gehört noch der Gepäckwagen. Ich habe immer diese Kombination gewählt«, sagte Hans. Hermann koppelte die Waggons zusammen und ließ den Zug anrollen. Die Lokomotive lief wie in alten Zeiten; drehte Runde um Runde. Hans holte aus einem Regal das Fragment eines Modellbahnhofes und stellte es auf die Platte, und Hermann ließ den Zug davor halten.

»Es muss noch viel getan werden. Hast du noch ein Signal hier rumliegen, das angeschlossen werden muss?«

»Ja, bestimmt. Aber du musst das jetzt nicht tun.«

»Doch. Ich muss irgendetwas tun. Ich muss mich beschäftigen.«

Hans zog ein Flügelsignal aus dem Regal. Aus dem Signalkörper hingen dreifarbige Kabel heraus. »Es tut mir leid Vater.« Hans gab Hermann das Signal.

»Ich brauche einen kleinen Schraubenzieher.« Während Hans in der Werkzeugkiste danach griff, sagte sein Vater: »Wir werden morgen früh gleich nach dem Frühstück abreisen.«

Margot 1985

Das Jahr fing nicht gut an für Margot. Im Februar starb völlig überraschend ihre Freundin Zilly. Das lose Band, das beide seit ihrer frühen Jugend verband, wurde jäh zerrissen: Keine gemeinsamen Spaziergänge mehr, keine Kinobesuche, keine Kneipengänge. Dabei war beim *Stetter*, im Bohnenviertel, eine illustre Stammtischrunde zusammengewachsen. Die Einschläge kamen verflucht nahe. Nun musste sie wieder einen Namen von der Liste streichen. Aber immerhin hielten noch sechs rüstige Rentner die Stellung.

Nach einer Trauerphase von drei Wochen nahm Margot wieder an den Sitzungen teil. Sie war inzwischen sechsundsechzig Jahre alt. Die Stammtischler hielten sie in ihrer ersten gemeinsamen Zeit für eine Witwe, bis sie eines Tages Fotos von ihrem Hermann aus der Tasche zog. Er hätte keinerlei Interesse an derartigen Veranstaltungen, erzählte sie; würde stattdessen, seit zwei Jahren ebenfalls im Ruhestand, lieber den gemeinsamen Haushalt in Schuss halten. Verrückte Welt. Sowas sei früher Frauensache gewesen, seufzten die Stammtischler. Aber heutzutage sei ja vieles verdreht, viele Dinge nicht mehr am richtigen Platz. Dann wurden die Weingläser erhoben, die Viertele geschlotzt.

Anfang Juni stand plötzlich ein Mann vor Margots Haustür, den sie noch niemals gesehen hatte, und der ihr dennoch bekannt vorkam.

»My Name is Robert, ick bin dein Neffe«, radebrechte der große, korpulente Mann.

Margot schaute sprachlos an diesem Berg aus Fleisch hinauf. Sie bereute schon, die Haustür geöffnet zu haben. Hermann war vor einer halben Stunde zum Einkaufen gegangen. Da griff der Mann in seine Jackentasche, zog eine Fotografie heraus und überreichte sie Margot.

»My Father«, stotterte er.

Margot starrte wie hypnotisiert auf die schwarzweiße Fotografie: »Das kann nicht sein. Das ist nicht möglich.«

»Doch…kann sein…«, stammelte der Mann.

Warum hatte Margot dem Mann nicht die Tür vor der Nase zugeschlagen? Fremden gegenüber gab sie sich oft misstrauisch, manchmal sogar feindselig. Aber in dem fleischigen Gesicht des Mannes entdeckte sie tatsächlich etwas, das sie an ihren Bruder erinnerte.

Margot zog den Fremden in den Hausflur hinein.

»Ich mache uns erst mal ein starken Kaffee. Möchten Sie einen Cognac?«

Ohne eine Antwort abzuwarten, fügte sie schnell hinzu: »Ich könnte jetzt einen kräftigen Schluck gebrauchen!«

Als Hermann mit seinen Einkaufstaschen nach Hause kam, fand er seine Frau auf dem Sofa sitzend, in angeregter Unterhaltung mit einem fremden Mann.

»Na hoppla«, entfuhr es ihm.

»Du wirst es nicht glauben, das ist unser Neffe Robert aus Amerika.«

»Aus New England«, ergänzte der große Mann.

»Herrgottsagrament.« Hermann stellte seine Einkaufstaschen ab und begrüßte den unerwarteten Gast. »Alwine würde sich im Grab umdrehen, wenn sie wüsste, dass ihr Hans Vater eines unehelichen Kindes ist.«

Es wurde ein eindrucksvoller Nachmittag und eine nicht minder interessante Restwoche. Robert war in einem Hotel in der Nähe untergekommen und stand immer morgens nach dem Frühstück vor Margots Haustür.

Die beiden Eheleute unternahmen mit ihm eine Reise in eine für ihn unbekannte Vergangenheit. Margot zeigte ihm das Stadtviertel, in dem sein Vater aufgewachsen war. Die Straße existierte nicht mehr. Mit viel Fantasie musste alles mit Händen und Füssen rekonstruiert werden. Dabei wurde gestikuliert, was das Zeug hielt, da weder Margot noch Hermann die englische Sprache beherrschten. Unter Tränen zeigte Margot auf die bebaute Fläche, auf der sich in der Vergangenheit ihre Elternwohnung befand. Unweit davon floss der Neckar dahin. Im flirrenden Licht des hellen Tages zogen Lastkähne vorbei. Robert blickte andächtig auf die Szenerie, hielt sich ab und zu ein Taschentuch vor die Augen.

Auch Amerikaner haben Gefühle. Roberts Mutter, erzählte er, habe den Verlust seines Vaters lange nicht verwunden. So kurz vor Kriegsende noch zu fallen, war ein grauenvolles Schicksal. Und er hatte ihr noch wenige Tage vor seinem Tod in einem Brief die Ehe versprochen, nachdem sie ihm geschrieben hatte, dass sie schwanger sei, die Lotte. Ja, Lotte Geiger hieß das Mädchen. Margot hielt diesen Brief in den Händen. Kein Zweifel, es war die Schrift ihres Bruders. Mein Gott. Alles war so weit weg und doch so unglaublich nah. Nein, sie schämte sich ihrer Tränen nicht, dort auf dieser Bank in der Villa Berg mit Blick auf den Neckar.

An einem anderen Tag besuchten sie die *Wilhelma*, den städtischen Tierpark, nicht weit entfernt von ihrem früheren Zuhause, den Rosenspaliergarten vor dem *Rosenstein Museum*, den *Killesberg* mit der Kleinbahn und dem Sessellift über der Rosenschlucht; *die Staatsgalerie* mit den Picassos. Der Amerikaner sollte sehen, dass die Deutschen Kultur besaßen.

Oh Yes, er wisse das. Sein Stiefvater sei damals hier stationiert gewesen, in Nähe der Weißenhof-Siedlung, und hätte ihm sehr viel erzählt aus dieser Zeit. Auch, wie er die junge Frau mit dem kleinen Jungen kennengelernt hat: Auf einem Weinfest, auf dem sie kellnerte. Es wurde damals wieder gefeiert, in einer zu großen Teilen zerstörten Stadt.

Dann wollte Robert wissen, wie sein Vater gestorben sei, und ob Margot das überhaupt erzählen könne, und wo man ihn beerdigt hätte. Hier suchte ein Mann hartnäckig und verzweifelt nach seinen Wurzeln. Ein Mann aus einer anderen Welt, der selbst eine Familie besaß, mit zwei halbwüchsigen Kindern und einer Ehefrau. Eine andere Biografie. Ein ganz anderes Leben.

Margot erinnerte sich daran, wie oft sie auf ihren Bruder eifersüchtig war, weil ihre Mutter den Jungen ständig bevorzugte. Jetzt schämte sie sich für diese Gefühle. Aber es ließ sich nicht leugnen, diese Vergötterung ihres Bruders setzte ihr zu. Manchmal hielt sie es kaum aus, ständig die ungeliebte Tochter zu sein.

Dann, in einem Café in Bad Cannstatt, inmitten von alten Leuten, die über ihren Tortentellern saßen, erzählte sie Robert vom Tod seines Vaters. Danach tauschten sie ihre Adressen aus. Robert umarmte seine Tante zum Abschied und verschwand wieder nach Amerika. Margot blieb mit ihren aufkeimenden Gefühlen zurück. So hatte sie sich zuletzt nach dem Besuch von Björn Ansgar und seiner Lisbeth in Stuttgart gefühlt. Rauchzeichen aus ihrer Vergangenheit stiegen in ihr auf. Es war wie die Vertreibung aus dem Paradies. Es war der Verlust der eigenen Jugend, die ihr zu schaffen machte. Immer noch. Eine Jugend, die sie wie alle anderen ihrer Generation im Krieg gelassen hatte. Als das Schlachten zu Ende und ihr Mann gestorben war, fühlte sie sich schlagartig gealtert. Dieses Gefühl war in ihr verkapselt: Forever old.

Im September 1985 musste Gisela wieder in die Nervenheilanstalt eingewiesen werden. Diesmal litt sie an Verfolgungswahn. Im November desselben Jahres kam dann noch Hermann mit einer Hiobsbotschaft nach Hause. Das Jahr ging nicht gut zu Ende für Margot.

Hermann 1986

Etwas, das er schon immer befürchtet hatte, war eingetreten. In Gestalt einer nüchternen Diagnose. Der Arzt saß ihm gegenüber, hatte die Ellenbogen auf die Tischplatte gestützt und seine beiden Hände mit den Fingerspitzen zusammengeführt, als wolle er mit seinen Händen ein Zelt bauen. »Sie haben eine Chance. Aber eine Operation ist unausweichlich.«
Hermann drehte den Kopf zum Fenster. Hinter den feinmaschigen Gardinen schimmerte die Welt, zu der er sich plötzlich nicht mehr zugehörig fühlte. In Sekundenschnelle hatte sie ihn ausgestoßen. Wie hinter einer dicken Wand vernahm er die Stimme des Arztes, als würde auch sie sich entfernen, vor ihm fliehen wie vor einem Aussätzigen.
Auf der Straße sah er zuerst auf die Oberleitung der Straßenbahn. Deutlich hörte er das Surren des Drahtes. Verschärfte Wahrnehmung, dachte er. Da klopfte ihm jemand auf die Schulter.
»Mensch Hermann, alter Knabe, lange nicht gesehen.« Es war Eberhard, sein alter Arbeitskollege, wie Hermann inzwischen im Ruhe-

stand. »Wie geht's dir? Wie schmeckt das Rentendasein?«

»Ein wenig schal.«

Eberhard deutete mit dem Finger die Straße hinauf. Keine dreihundert Meter weiter lag ihre ehemalige Werkshalle.

»Deshalb treibst du dich hier herum. Sehnsucht nach deinen alten Kollegen, was?«

»Nee, ich war beim Urologen.«

Eberhard lächelte. »Und kommst du durch?«

»Vielleicht.«

»Was soll das heißen?«

»Blasenkrebs. Ich muss operiert werden.«

»Ach du Scheiße. Mir ist auch schon ganz schlecht.«

»Tja.«

»Hermann, wir könnten doch da vorne beim Jugoslawen ein Bierchen trinken. Also ich brauch das jetzt.«

Hermann trat nervös von einem Fuß auf den anderen. Er war sich nicht sicher, ob es richtig war, seinem ehemaligen Kollegen alles zu erzählen. Allerdings musste wohl alles raus. Die Tüte war geplatzt und der Inhalt lag vor ihm auf der Straße.

»Keine schlechte Idee«, hörte er sich sagen, »alles erst mal runterzuspülen.«

Am Ende wurde es ein Gelage wie lange nicht mehr. Je mehr sein Blick verschwiemelte, je schemenhafter er die Welt um sich herum wahrnahm, desto leichter fühlte er sich. Wie eine Feder schien er über den Ereignissen zu schweben, immer untermalt von der Stimme seines Altersgenossen Eberhard, der über sein Dasein philosophierte, über die Nutzlosigkeit des Rentnerdaseins:

»Die Zeit totschlagen mit Sinnlosigkeiten, bis einem Hiobsbotschaften ins Haus flattern und einem das unwiderrufliche Ende vor Augen führen, daraus besteht unser Dasein.«

»Jawohl.«

»Das Leben ist ein gottverdammter Trichter«, stammelte er nach dem dritten Bier.

Mit seinen klobigen Händen simulierte er die Öffnung eines Behältnisses: »Du hast jede Menge Platz. Du kannst dich entfalten, während du unaufhaltsam nach unten rutschst, oder gleitest, oder fällst...wie auch immer. Aber unten, ganz unten, am Ende des Trichters, ist kein Platz mehr. Du kannst dich kaum noch bewegen, eigentlich gar nicht mehr. Du schaust auf deine Füße...und zwischen deinen Füßen entdeckst du eine kleine Öffnung. Nicht größer als ein Nadelöhr; und du denkst, wie zum Teufel, wie zur Hölle soll ich da durch passen?«

»Wie war das, mit dem Kamel und dem Nadelöhr?«, erwiderte Hermann und schnippte nach der Bedienung: »Bringen Sie uns noch einen Schnaps, bitte!«

Nach dem fünften Schnaps brach Hermann plötzlich in hysterisches Gelächter aus.

»Ha, ha, mein lieber Eberhard, und weißt du, was der Witz an der ganzen Sache ist?«

»Nein.«

Eberhard schielte zu Hermann hinüber. In seinem Bierglas schwamm eine Restpfütze, als er das Glas mit Wucht auf den Bierdeckel setzte.

»Am Ende passt du hindurch...«

»Was zum Teufel? Wo durch?«

»Durch das Nadelöhr, du Depp.«

»Na hör mal.«

Hermann griff nach einem Salzstreuer und schüttete das Salz in sein leeres Bierglas.

»Capito!«

Gisela 1986

Gisela war wieder in der Heilanstalt gelandet und sie wusste nicht einmal warum. Es waren immer die Medikamente, die das Feuer in Schach hielten, das wusste sie, und die hatte sie wieder einmal freiwillig abgesetzt, weil sie ihr Gewicht beeinflussten. Im Klartext hieß das: Sie wurde immer fetter, immer unansehnlicher. Das konnte so nicht weitergehen. Ferdi schaffte es kaum, ihr ins Gesicht zu sehen, geschweige denn woanders hin. Sex fand nur noch in ihrer Fantasie statt und in der Erinnerung an bessere Tage. Nein, gute Tage. Sie wollte das erfüllte Sexleben der Vergangenheit wiederhaben. Also vergaß sie absichtlich ihre Tabletten.

Aber da war noch etwas anderes, etwas, das auf ihrer Seele lastete wie ein Mühlstein, etwas, das schon seit langer Zeit in ihr keimte. Das hatte mit Hermann zu tun. Hermann, ihrem Stiefvater, und dem Geheimnis, das sie miteinander verband. Seit Gisela von Hermanns lebensgefährlicher Erkrankung erfuhr, war merkwürdigerweise alles wieder präsent, wie ein lang verschwundener Gegenstand, der plötzlich wiederauftauchte. Ein

Ding, das nicht vermisst wurde, aber erkannt. Es war ein Dilemma.

Einerseits bemitleidete Gisela Hermann grenzenlos und wünschte sich nichts sehnlicher, als dass er alles gut überstehen möge, anderseits wünschte sie ihm den Tod – als späte Sühne für seine Vergehen. Mit Sicherheit würde sein Tod etwas in ihr zum Abschluss bringen, eine immer noch offene Wunde schließen. Vielleicht ahnte sie das auch nur? Jedenfalls war es ein Zwiespalt, der sie zu zerreißen drohte.

Das Gedankenkarussell setzte sich in Bewegung und war nicht mehr zu stoppen. Mehrtägige Schlaflosigkeit trieb sie eines Nachts auf die Straße, nackt wie Gott sie schuf. Sie erhoffte sich Antworten. Vernahm Stimmen. Mal fabulierend, mal vor sich hin stammelnd, wurde sie aufgegriffen.

Dann folgte das übliche Prozedere, das mit einer Einweisung in die geschlossene Abteilung der Heilanstalt endete.

Nach sechs Wochen war sie medikamentös neu eingestellt, heruntergefahren, wie Ferdi es nannte. Verlangsamt in ihren Bewegungen und Gedankengängen. Sie verbrachte ihre Tage zunächst überwiegend auf ihrer Couch im Wohnzimmer, bis eine Tages Manfred vor der Tür stand.

Sie hatte diesen Mann bei ihrem letzten Aufenthalt in der Psychiatrie kennengelernt. Ein Mitpatient, den sie auf dem Freigang zwischen den geschlossenen Abteilungen getroffen hatte. Ein Leidensgenosse. Sie hatten gute Gespräche geführt und sich schnell bekannt gemacht. Wahrscheinlich, weil sie sich eine ähnliche Biographie teilten. Manfred musste sich vor seiner Stiefmutter ausziehen und onanieren, während sie ihre Scham streichelte. Das führte bei dem pubertierenden Jungen zu Gefühlen, die auch Gisela nicht unbekannt waren.

»Komm rein, Manne.« Der schüchterne Mann trat mit gesenktem Kopf in Giselas Wohnung. »Keine Gefahr, mein Mann ist auf Arbeit.« Gisela bot ihm einen Platz in der Wohnküche an, mit Blick auf den Vorplatz und das Fabrikgelände von Ferdis Firma. Von dort ging keine Gefahr aus. Ferdi zog immer durch und kam mittags nie nach Hause, sondern frühestens gegen halb fünf. Bis dahin war noch jede Menge Zeit.

»Möchtest du was trinken?« Manfred saß trübsinnig an Gisela Küchentisch, so als schämte er sich für eine Tat, die er noch nicht begonnen hatte. »Ein Wasser vielleicht?«

Gisela schlurfte zur Anrichte: »Ich kann dir auch einen Kaffee machen, wenn du möchtest.«

»Ein Wasser bitte.«

Gisela stellte ein Glas auf den Tisch und schüttete aus einer Flasche Wasser hinein.

»Entschuldige, aber ich muss einen Kaffee haben, damit ich richtig wach werde.«

So fanden sie ihr erstes Gesprächsthema. Während Gisela die Kaffeemaschine bediente, erzählte sie ausgiebig von ihrer Schlappheit, ihrer Antriebslosigkeit.

»Ich lebe fast nur noch auf meiner Couch. Habe weder Lust zum Lesen, noch zum Fernsehen. Es ist mir alles scheißegal.«

Jetzt hob Manfred wie in Zeitlupe den Kopf.

»Es sind die Scheißmedikamente. Die ziehen dich ins Kellerloch…«

Gisela stellte einen Kaffeebecher auf den Tisch, ging zum Kühlschrank, nahm ein kleines Kännchen mit Kondensmilch, füllte damit ihren Becher und fühlte , als habe sie gerade den Mount Everest bestiegen.

»Aber ohne sie macht es auch keinen Spaß. Ich habe keinen Bock, wieder angegurtet in einem abgedunkelten Zimmer zu vegetieren, oder nackt und schreiend durch die Straßen zu laufen.«

»Ach.«

Bei Manfred hörte sich dieser Laut an, als habe er einen Gegenstand verschluckt.

»Da wirst du hellhörig, nicht wahr?« Manfred nickte. »Hab ich Dir das noch nicht erzählt? Beim letzten Mal bin ich richtig ausgeflippt!«

»Nein.«

Gisela stand auf und ging zur Kaffeemaschine, zog die Glaskanne unter dem Filtertrichter hervor, ging mit ihr zum Tisch und kippte etwas davon in ihren Becher. Dann ging sie mit der Glaskanne erneut zur Kaffeemaschine und stellte sie auf die Wärmeplatte. Als sie sich wieder setzte, fühlte sie sich wie nach einem mehrstündigen Fußmarsch. Hörbar atmete sie aus.

»Ihr Männer seid doch alle gleich!«

»Wieso?«

»Wenn ihr die Worte *nackt* und *Frau* hört, spielt der Kerl in eurer Hose verrückt.«

Manfred schaute irritiert zu Gisela hinüber. Sie glaubte, einen Anflug von Panik in seinem Gesicht zu erkennen.

»Nun mal langsam mit den jungen Pferden. Ich weiß, was die Medikamente in dieser Hinsicht anrichten. Ich jedenfalls habe nicht einen Anflug von Verlangen.« Manfred nickte bestätigend. »Außerdem, du brauchst keine Angst vor mir zu haben. Ich bin nicht deine Mutter.«

Manfred zuckte zusammen. Dann griff er nach seinem Wasserglas und nahm einen kräftigen Schluck.

»Aber mich würde interessieren, wie sie ihr Verhalten rechtfertigte?«

»Mit Fürsorge!«

»Aha.«

»Sie wollte nur kontrollieren, ob alles bei mir in Ordnung ist. Ob ich normal entwickelt bin.«

»Und warum hat sie sich dabei selbst befriedigt?«

»Sie müsse so eine Art Vorlage für meine Erregung bieten, meinte sie. Andere Materialien standen uns ja nicht zur Verfügung.«

»Welche Materialien?«

»Na ja, Pornohefte und so 'n Zeug.«

Gisela setzte die Tasse an ihren Mund. Der Kaffee rann wie flüssiges Gold durch ihre Kehle.

»Sexualität ist schon etwas Mysteriöses, nicht wahr?«

»Das kann man wohl sagen.«

Sie stellte sich in Gedanken die Szenerie vor. Es war ihre Neugierde, von der sie ab und an noch übermannt wurde. Ohne jeglichen Hintergedanken. Ist er klein oder groß, eher dünn oder dick? Oder nichts von alledem. Nicht größer als ein Knopf oder ähnelnd er dem

Penis eines Pferdes? Pfui Teufel. Nein, sie brauchte sich nicht zu schämen.

Ihr Mann Ferdi glaubte, während ihrer Krankheit auch einen Freifahrtschein zu haben. Einen Gutschein für ihren Körper. Er wurde während dieser Zeit obszöner, fordernder, ausgelassener, hemmungsloser, vielleicht, weil er bei ihr eine gewisse Willenlosigkeit voraussetzte. Da interpretierte er ihren Zustand völlig falsch. Aber wie konnte er auch wissen, wie ihr die Krankheit zusetzte. Es ist schwer, sich in einen anderen Menschen, in einen Kranken hinein zu versetzen, wenn man selbst kerngesund ist. Ihr Ferdi war einfach überfordert, wenn bei ihr die Sicherungen durchgingen.

»Kann ich noch einen Schluck Wasser haben?«, bettelte Manfred.

»Bedien' dich. Tu dir keinen Zwang an. Fühl dich wie zu Hause.«

Manfred griff nach der Wasserflasche. Er hatte schlanke, lange Finger. Richtige Liebhaberhände, dachte Gisela, aber wieso war dieser Kerl so verdammt unterwürfig. So etwas mochte sie überhaupt nicht. Sie sah aus dem Fenster, über den Vorplatz zu dem Fabrikgebäude, in dem Ferdi jetzt vor seiner Werkbank stand. Ferdi hatte einen dicken Finger, der ihr manchmal ganz schön Vergnügen

223

bereitete. Manfred schaute verstohlen auf seine Armbanduhr.

»Du willst doch nicht etwa schon gehen?« Die Worte, die aus Giselas Mund drangen, hörten sich an wie ein Stammeln, so etwas wie: Lass mich jetzt bloß nicht allein.

Hermann und Margot 1986

Noch Wochen nach seiner Operation hatte Hermann starke Schmerzen. Unerträgliche Schmerzen, die ihn ziellos im Haus herumirren ließen. Immer häufiger verließ Margot fluchtartig das Haus. Sie konnte es nicht ertragen. Hermanns Hausarzt hatte die Situation immer wieder heruntergespielt. Es sei normal, dass man nach so einer großen Operation Schmerzen hatte. Es handele sich um Narbenschmerzen, durchaus üblich, nicht selten. Wenn es gar zu schlimm komme, dann müsse er die Schmerzmedikation erhöhen.
Hermann nahm die Kellertreppe, unter der die Kohlen und Briketts, für das Winterhalbjahr gelagert wurden. Ganz schön dezimiert, der Vorrat, dachte er. Er musste sich ablenken, um nicht ständig den Schmerz zu spüren. Vielleicht würde die Menge ja noch eine Saison ausreichen? Und danach? Den übernächsten Winter würde er an einem anderen Ort verbringen, in anderer Gestalt, eine Mikrobe, ein Sandkorn, ein Aschehäufchen vielleicht, gewiss schmerzbefreit. Wahrscheinlich auch schon früher. Viel früher?
Sein Blick fiel auf die Deckenbeleuchtung: eine Glühbirne, eingefasst in ein Glasgehäuse

und verschraubt mit einer Art Gitterbox. Zwanzig Zentimeter daneben war ein Haken in der Decke verschraubt.

Dort hatte er vor einer Woche versucht, sich aufzuhängen, weil er seine Schmerzen einfach nicht mehr ertragen konnte. Aber er hatte zu lange mit dem alten Kälberstrick herumhantiert, sodass Margot ihn schließlich ertappt hatte. Dabei war sie schon in Hut und Mantel, kurz vor der Flucht ins Caféhaus, als sie eigenartige Geräusche im Keller vernahm. Unter Tränen bat sie ihn inständig ihr so etwas nicht anzutun. Ihr, dem Freundeskreis und der gesamten Nachbarschaft. Sie war katholisch erzogen. Selbstmord war eine Sünde, und sie dachte daran, wie die Leute reagieren würden. Für einen solchen Abgang hätte man kein Verständnis. So etwas würde einem ewig zum Vorwurf gemacht, den Hinterbliebenen immer wieder aufs Brot geschmiert.

Außerdem bliebe ja noch ein Fünkchen Hoffnung. Manchmal wurde doch noch alles gut. Nach dem Tal der Tränen konnte ein Aufstieg zu einem sonnenbeschienenen Hügel folgen. Da ließ sich Hermann – den Strick um den Hals – unter Tränen erweichen.

Bevor Margot das Haus verließ, nahm sie ihm das Versprechen ab, während ihrer Abwesenheit keine Dummheiten zu machen.

»Bitte!«

Nun richtete er sich auf einen langsameren Abschied ein. Ein Davonschleichen, ein langsames Sichauflösen. Er ging ein paar Schritte und legte den Riegel der schweren Holztür um, die in den kleinen Weinkeller führte, in dem auch Kartoffeln und Äpfel gelagert wurden. Ein Geruchsgemisch aus Moder und fruchtiger Säure umspielte seine Nase. Er wollte ein letztes Mal seinen Weinbestand inspizieren. Württemberger und badischer Rotwein zählten zu seinen Favoriten. Es ging nichts über einen guten *Trollinger* oder *Mundelsheimer*. Unwillkürlich schnalzte er mit der Zunge, übertünchte seinen Schmerz mit einer leichten Lasur.

Nebenan befand sich die Waschküche. Der alte Waschkessel und die ramponierte Schleuder vergammelten in der Ecke, während eine neue Waschmaschine die Arbeit erledigte. Wie viele Wochenenden hatte er schwitzend und keuchend, in dem dampfenden Waschkübel gerührt, mit Dorothea Kochwäsche gewrungen?

Eine Tür weiter lag seine kleine Werkstatt, in der seltsam unberührt sein Werkzeug an der Wand hing. Es gab nur noch selten etwas zu tun. Er hatte in seinem Leben alles erledigt. Mehr oder weniger. An einem der unzähligen

Haken hingen seine Schlittschuhe. Er strich mit seinen Fingern über das polierte Leder, an den waagrechten Falten entlang: Spuren einer Straße, die er vor nicht allzu langer Zeit verlassen musste.

Er drehte sich zu dem Holzstapel um, der sich mittlerweile über die gesamte rückwärtige Wand verteilte. Holz für die nächsten Jahre, Material zum Anheizen der Öfen. Er konnte sich immer noch nicht zur Installation einer Zentralheizung durchringen. Es ging nichts über Ofenwärme, da war er sich sicher. Er nahm ein Holzscheit vom Stapel und roch daran: gutes trockenes Holz, mit der Axt gespalten. Körperliche Arbeit, die er sein Leben lang liebte – im Gegensatz zu seinem Sohn. Immer wieder musste Hans überredet und manchmal gezwungen werden. Dabei waren die Arbeiten seltene Stunden der Zweisamkeit, in denen er sich seinem Sohn nahe fühlte.

Zusammenarbeit. Das war das Zauberwort, das sein Sohn nicht verstand. Bis zum heutigen Tage nicht. Sei's drum. Das lässt sich nicht mehr ändern, dachte Hermann, während er den Weg über die Treppe nach oben antrat. Als er die Tür zum Keller hinter sich schloss, überkam ihn ein Gefühl der Unwiederbringlichkeit, als hätte er gerade die Tür zu einem Teil seiner Vergangenheit für immer geschlossen.

Drei Tage später wurden seine Schmerzen unerträglich. Sein Hausarzt ließ ihn in die Klinik einweisen. Der Oberarzt empfahl eine Morphium-Therapie.

Das Leben – ein lange währender Traum. Ein Traum, in dem Hermann in ein Haus einzog, das er nie zuvor bewohnt hatte, aber der Überzeugung war, schon ewig in diesem Haus gelebt zu haben. Alles war gegenwärtig und vertraut: Ein großes, villenähnliches Gebäude, von einem Park umgeben, in dem alle erdenklichen Gewächse gediehten. Die Villa war bevölkert von allerlei Gestalten, alt bekannte Gesichter: Lebende und bereits Verstorbene, in unterschiedlichen Räumen, oft sichtbar, manchmal verschwunden hinter Kulissen. Ja, das Ambiente hatte etwas von einer Bühne, auf der die Zeitebenen verschoben wurden, wie die Wände in einem Theaterstück. Dorothea stand vor seinem Bett und winkte ihm zu, empfahl ihm sein Bett zu verlassen, und mit ihr zu kommen. Aber irgendwie schien das nicht zu gelingen! Vielleicht hatte er schon seine Gestalt gewechselt. Oder auch nicht?

Bei der nackten Gisela machte er eine Ausnahme. Plastisch und reizvoll stand sie vor ihm und ließ sich berühren, begrapschen. Sie lachte und gurrte wie ein kleines Täubchen in roten Stöckelschuhen.

Dann drehte sich die Bühne wieder. Ein anderer Raum kam zum Vorschein: Eine Küche wie eine Folterkammer, in der sein Vater residierte. Da stieg eine alte Angst wieder in ihm hoch; während sein alter Herr den Ochsenziemer schwang, mit schmerzverzerrtem Gesicht, weil auch er ein Todgeweihter war.

Zu guter Letzt begegnete er seinem Sohn Hans. Er bewegte sich im Garten und als Hermann ihn rief, hielt er sich die Hand vor seine Augen, als wolle er sein Gesicht vor der grellen Sonne schützen, die ihm ins Gesicht knallte wie eine schallende Ohrfeige. Schließlich rannte Margot durch den Park und er versuchte, hinter ihr her zu rennen. Ohne eine Chance, sie einzuholen. Immer blieb er mehrere Körperlängen hinter ihr.

Tatsächlich besuchte Margot ihren Hermann im Krankenhaus nicht mehr. Nach einem hilflosen Versuch, ans Bett ihres bewusstlosen Mannes zu treten, wendete sie sich mit Grauen ab. Er war ein unerträglicher Anblick. Fast bis zum Skelett abgemagert, wog er nur noch achtunddreißig Kilo. Ein Häufchen von einem Menschen war von ihm geblieben.

Die Todesnachricht wurde ihr am Telefon übermittelt.

Hans 1986

Es war schon spät. Hans wollte keinen Lärm machen. Deshalb stieg er vor der Gartenpforte vom Fahrrad und schob es vorsichtig durch den Vorgarten bis zur Haustür. Behutsam drehte er den Schlüssel im Schloss und schlich durch den Hausflur bis zur Tür, die in den Hof führte. Er öffnete sie und schob sein Rad so geräuschlos, wie es eben ging. Als er es unter dem Vordach abstellte, dachte er an den Film, den er am heutigen Abend gesehen hatte, *Runaway Train* mit Eric Roberts und Jon Voight, und wie sie beide in einem führerlosen Zug quer durch das verschneite Alaska rasten – dem sicheren Tod entgegen.

Es war eine sternenklare Nacht und er sah Jon Voight, auf dem Dach der riesigen Lokomotive, mit einem fast zu Eis erstarrten Körper, verzweifelt, schicksalsergeben.

Im Wohnzimmer brannte noch Licht. Sonja saß zusammengekauert im Sessel.

»Du bist noch wach?«

»Ja, ich bin noch wach.«

Sie klang schlaftrunken.

»Kannst du nicht schlafen?«

»Nein. Deine Mutter hat heute Abend angerufen. Dein Vater ist gestorben.«

Hans setzte sich gegenüber von Sonja in einen Sessel.

»Jetzt könnte ich erstmal einen Schluck vertragen.«

»Habe ich mir gedacht.«

Erst jetzt sah Hans die Whiskyflasche auf dem Tisch und das Kristallglas, in dem eine braune Flüssigkeit schwappte. Er nahm einen kräftigen Schluck, dann setzte er das Glas auf die Tischplatte zurück.

»Wie war der Film?«

»Beeindruckend, ohne Happy End.«

»Wie im richtigen Leben.«

»Fast wie im richtigen Leben.«

»Die Beerdigung ist nächste Woche Mittwoch. Wirst du hinfahren?«

Hans nahm das Glas. Der Whisky darin schwappte wie träges Wasser gegen Kaimauern.

»Auf jeden Fall. Willst du nicht mitkommen?«

»Einer muss sich um die Kinder kümmern. Die würde ich nicht dabeihaben wollen.«

»Wir könnten einen Babysitter organisieren.«

»Für eine halbe Woche ist das schwierig. So lange müssten wir mindestens bleiben; sonst lohnt sich die Fahrt nicht.«

Hans griff nach der Whiskyflasche, zog energisch den Korken aus dem Flaschenhals und goss eine ausreichende Menge in sein Glas.

»Also gut. Du hast recht. Ich werde sicher meine Mutter unterstützen müssen. Sie ist mit der Situation bestimmt überfordert.«

»Die Beerdigung hat sie offensichtlich alleine organisiert.«

»Na ja, Gisela und Ferdi haben garantiert ihren Beitrag dazu geleistet.«

Hans 1986

Hans stand allein in dem kleinen Esszimmer und starrte auf die geblümte Stoffcouch, auf der seine Eltern immer saßen. Auf den Lehnen lagen noch die Plüschdecken, die sich die beiden immer um die Beine legten, wenn der Ofen ausging. Sein Vater hatte sich Zeit seines Lebens immer gegen eine Zentralheizung gesträubt. Es gehe nichts über Ofenwärme, meinte er.

Der Tag, an dem der Kohlelaster vor dem kleinen Einfamilienhaus vorfuhr, wurde zelebriert wie ein Feiertag. Es war die Vorfreude auf ein geheiztes Haus in der Winterzeit. Es gab ein fürstliches Essen, bevor Hans und sein Vater in den Keller stiegen, um die Eierkohlen in die große Kiepe zu schaufeln und die Briketts zu stapeln, die der Laster durch die Kellerluke geschüttet hatte. Meistens lagen die Briketts auf den Eierkohlen; so konnte zuerst mit dem Aufschichten begonnen werden.

Hans reichte dem Vater wortlos die Briketts, die dieser korrekt an die Wand setzte. Zwei Stapel, nebeneinander versetzt, damit das Gebilde nicht bei der geringsten Erschütterung zusammenfiel. Bei den Eierkohlen arbeiteten sie mit zwei Schaufeln im Takt, wobei der Vater immer eine Melodie pfiff. Nein, es war kein Pfeifen, eher ein Zwischending aus Raunen und Pfeifen, so als würde seine Luft nicht ausreichen, um einen kompletten Pfeifton zu erzeugen.

Hans drehte sich zu dem Ofen um, der in einer Ecke des Zimmers stand. Er strich mit der Hand über die Keramikoberfläche. Es war Juni, der Ofen erkaltet.

Noch im Februar dieses Jahres erwärmte er den Raum bis zur Schmerzgrenze. Da hatte Hans seinen Vater das letzte Mal gesehen. Er saß mit hochrotem Kopf im Sessel, von Decken umhüllt. Er friere immer noch, erzählte er, obwohl die Raumtemperatur 28 Grad überschritten hatte. Er friere und habe außerdem Schmerzen – Narbenschmerzen, nach der mehrstündigen Operation. Überhaupt konnte er nicht aufhören, über die Operation und seine Krankheit zu sprechen. Es war etwas, das sein gesamtes Dasein ausfüllte, das vollständig Besitz von ihm ergriffen hatte. Er zeigte die Operationsnarben und wog den Urinbeutel in seiner Hand. Es war eine bizarre Vorstellung und schwer auszuhaltende Szenen, die Hans schließlich aus dem Haus trieben.

Er machte lange Spaziergänge, ging den Hang hinauf und in den Wald hinein. Von den Weinhängen sah er auf die Stadt, die groß und verloren wirkte, wie das Leben seiner ratlosen Eltern, die von der Situation völlig überfordert waren. Wie er selbst.

In der Nähe des Todes, sucht man das Leben, giert nach der Lust. Er hatte bei seinen Touren immer den Walkman dabei und beschallte sich mit ohrenbetäubender klassischer Musik. In Endlosschleife dröhnten die Hornkonzerte von Mozart, während er in den wolkenlosen, frostigen Februarhimmel starrte.

Er sah Mara wieder. Sie trafen sich zufällig auf der Straße, was eigentlich kein Zufall war, da von Hans provoziert. Er trieb sich seit Tagen in ihrem alten Kiez herum. Hinter einer der engen Straßenecken wären sie fast miteinander kollidiert.

»Meine Güte. Ich glaub, ich sehe nicht recht«, entfuhr es ihr.

»Unglaublich…aber wahr«, raunte Hans. Dann umarmten sie sich. »Wie geht's, wie steht's?«

»Ich wohne jetzt in einer kleinen Dachwohnung, ganz in der Nähe. Du musst mich unbedingt besuchen kommen.«

Sie verabredeten sich für den nächsten Tag. Hans besorgte Blumen und Kuchen beim

Bäcker seiner Kindheit. Der stellte die besten Brezeln der Welt her. Knusprig an den Schleifen und weich, fast zart in der gewellten Krone.

Mara lebte in einem renovierten Altbau. Ihre Wohnung wärmte ein Kaminofen, in dem die Holzscheite knisterten. Eine Holztreppe führte von der Wohnstube zu einer Galerie, auf der ihr Schreibtisch und ihr Bett standen. Durch ein schräges Dachfenster erleuchtete das kalte Winterlicht die Szenerie.

»Gemütlich hast du es hier.«

Mara hatte Kaffeegeschirr aufgedeckt, Hans den Kuchen dazugestellt: Zeit für Kaffeeklatsch.

»Ich habe mich oft gefragt, wieso du damals gegangen bist«, sagte Mara ohne Umschweife. Sie ging schon vor fünfzehn Jahren gern aufs Ganze, dachte Hans und nippte an seiner Kaffeetasse.

»Ich hatte ganz einfach Angst, mich zu sehr an dich zu binden. Ich hatte Fernweh, wollte raus hier. Das wurde mir alles zu eng damals. Darum habe ich die Flucht nach vorne angetreten.«

»So. So.«

»Ich habe oft an dich gedacht, mich gefragt, was aus dir geworden ist. Ob du inzwischen verheiratet bist.«

»Es spricht für dich, an mich zu denken, nachdem du mich sitzen gelassen hast.« Hans starrte auf seine Kaffeetasse. Das Gespräch nahm eine Wendung, die ihm nicht gefiel. »Aber Schwamm drüber. Lassen wir die alten Kamellen. Wir waren einfach zu jung damals«, lenkte Mara ein, und ging zu ihrem Schallplattenspieler. Eine soulige Stimme erfüllte den Raum und ließ Hans aufhorchen. Er wollte schon zu einer Frage ansetzen, als Mara ihm zuvorkam.

»Der Mann oder die Gruppe, ich weiß es nicht genau, heißt *Simply Red*.«

»Gefällt mir.«

»Ich dachte, dieses Album, *Picture Book*, passt irgendwie.«

»Ach so?«

»Na, wir stöbern doch gerade in unserer Vergangenheit herum.«

»Na ja, ich weiß nicht.«

Hans dachte an seinen Vater, der sich wie ein Geist in seinem Haus bewegte, die Zimmer abschritt und unter Schmerzen gebeugt aus dem Fenster sah – auf das Leben, das dort draußen ohne ihn stattfand. Daraufhin erzählte Hans Mara von seinem Vater und dem Leiden, das ihn begleitete.

»Er wird sterben.«

»Das tut mir leid. Und, wie fühlst du dich dabei?«

»Ich weiß nicht.«

»Ich habe deinen Vater als sehr charmanten Mann kennen gelernt.«

Hans machte ein verdutztes Gesicht.

»Ich nicht.«

»Kannst du dich an unser erstes Date in deinem Zimmer erinnern? Er klopfte alle paar Minuten an die Tür und fragte nach unseren Wünschen. Das fand ich niedlich. Er hatte so ein verschmitztes Lächeln.«

»Mir war die Absicht klar. Er wollte uns kontrollieren.«

»Natürlich. Trotzdem war er niedlich. Ich mochte ihn.«

Hans stand auf und ging ans Fenster. Unten fuhr gerade eine Straßenbahn vorbei. Im erleuchtenden Fahrgastraum saßen Figuren wie aus einem Gemälde von Edward Hopper: Männer und Frauen mit Hüten und Mützen. Sein Vater hatte vor seinem Ruhestand als Lackierer in den Werkstätten der Straßenbahn AG gearbeitet. Vielleicht hatte er auch an dem gerade vorbeifahrenden Zug herumgepinselt und damit etwas geschaffen, das auch nach seinem Tod weiter Bestand hatte. Eine Art Vermächtnis auf acht Rädern.

»Woran denkst du gerade?« Margot, seine Mutter, war neben ihn getreten.

»Dass es jetzt wirklich an der Zeit ist, die Heizung herunter zu stellen.«

»Es ist Juni…und die Heizung ist aus.«

»Oh, ich dachte eben an Februar und wie Vater frierend unten seinen Decken lag.«

Margot legte ihrem Sohn sachte ihre flache Hand auf die Schulter.

Margot und der Trauerredner
1986

Margot lehnte sich im Sessel zurück und dachte nach. Der Mann im dunklen Anzug, der ihr gegenübersaß, nippte ab und zu an seinem Wasserglas, während er sein Notizbuch auf- und zuklappte.

»Ich werde versuchen, alle ihre Fragen zu beantworten.«

Margot wischte sich eine Träne aus dem Augenlid. Der Trauerredner zog einen Kugelschreiber aus seiner Jackettasche, und klappte sein Buch auf. »Was war ihr Mann für ein Mensch?«

Margot hatte Hermann eine Woche vor seinem Tod das letzte Mal gesehen und kaum wiedererkannt. Er war ein bis zum Skelett abgemagertes Männlein. Unter dem Einfluss von Morphium delirierte er vor sich hin, führte einen verbalen Veitstanz auf. Ab und zu griff seine knochige Hand nach dem Galgen über seinem Bett, um seinen schmächtigen Körper hochzuhieven und in eine senkrechte Position zu bringen. Ein Unternehmen, das zum Scheitern verurteilt war. Kraftlos sackte er immer wieder in sich zusammen.

»Was war ihr Mann für ein Mensch?«

Margot zuckte zusammen, als habe man sie bei etwas Verbotenem ertappt.

»Entschuldigung. Ja, er war ein fleißiger und strebsamer Mann…und sparsam. Er hat sich nicht viel gegönnt, außer ab und zu eine Flasche Bier oder Wein…oder Schnaps. Auf seine Art war er genügsam.«

»Hat ihr Mann gearbeitet?«

»Sein ganzes Leben bestand aus Arbeit.«

Margot schien angestrengt nachzudenken.

»Wo ging er seiner Tätigkeit nach?«

»Er arbeitete über dreißig Jahre als Maler und Anstreicher bei der Straßenbahn. Immer pünktlich, kaum krank, immer seinen Pinsel in der Hosentasche.«

Ein Schmunzeln zog über das Gesicht des Trauerredners, wie eine verirrte Wolke über einen tiefblauen Himmel. Margot runzelte die Stirn.

»Sie wissen, was ich damit meinte?«

»Natürlich. Können Sie sich an eine charakteristische Begebenheit erinnern?«

Der Trauerredner spielte mit seinem Kugelschreiber, ließ ihn zwischen seinen Fingern schwingen.

»Ich verstehe nicht?«

»Eine Szene aus ihrem gemeinsamen Leben.«

Margot überlegte angestrengt.

»Unser gemeinsames Leben währte vierunddreißig Jahre. Ja, ich kannte meinen Mann eine halbe Ewigkeit.«

Margot beugte sich vor, legte ihre Ellenbogen auf die Tischplatte und vergrub ihren Kopf in ihren Händen. Da sah sie plötzlich Hermanns behaarten Handrücken, von der Sonne beschienen, im Inselbad, in irgendeinem Sommer der fünfziger Jahre. Seine Hand ruhte auf Giselas Oberschenkel. Wie selbstverständlich strich seine Hand über den zärtlichen Flaum des Teenagers, während Gisela unschuldig schmunzelte, als würde sie die Sonne anlachen.

»Er war ein fürsorglicher Mann. Meine Tochter aus erster Ehe mochte seine blauen Augen. Wir haben uns am Neckar kennengelernt. Ja, so hat alles angefangen. Auf dem Volksfest hat er uns mit Süßigkeiten verwöhnt. Das war etwas Besonderes nach dem Krieg.«

Gisela und Ferdi 1986

Die Zeit ist ein rasender Feuerstuhl, dachte Gisela, als sie neben Ferdi im Bett lag. Ein alles verzehrendes Feuer, das nur verbrannte Erde hinterlässt.

»Guten Morgen«, sagte Ferdi, während er sich neben Gisela im Bett aufrichtete. »Wann ist die Beerdigung?«

»Um fünfzehn Uhr!«

»Dann haben wir ja noch alle Zeit der Welt.« Gisela sah auf die Steppe ihres vergangenen Lebens. Eine Steppe unter wolkenverhangenem Himmel. Kaum Tageslicht brach durch das Gewölk.

»Ich schaffe das nicht. Ich bin am Ende«, sagte sie.

Ferdi tätschelte ihre Wange, wie man es bei einem kleinen Kind macht, das sorgenvoll auf den nächsten Schultag blickt.

»Auch dieser Tag geht zu Ende. Immer wieder geht die Sonne auf.« Er stimmte den Refrain des Udo-Jürgens-Schlagers an. Ganz verhalten, fast flüsternd.

Es waren widersprüchliche Gefühle, die Gisela zu schaffen machten. Eine unerklärliche Traurigkeit und die Hoffnung auf Erlösung. Endlich würde der Brocken aus ihrem Körper rutschen. Etwas, das Hermann vor langer Zeit in sie hineingelegt hatte, begann zu rutschen und sie zu verlassen.

»Komm aus den Federn, Liebste, ich werde Dir ein fürstliches Frühstück kredenzen.«

Ferdi lachte kurz auf. Er kannte ihren Zustand. Aber mit einem guten Essen konnte man Gisela immer aus der Reserve locken. Diesmal jedoch griff sie nach seiner Hand und zog ihn zu sich heran.

»Ich möchte jetzt aber mit dir Liebe machen«, flüsterte sie in sein Ohr.

Ferdi erschrak kurz, dann erkannte er das Muster und seine Bedeutung. Er legte sich neben Gisela.

»Ich kannte Hermann besser als jeder von euch. Ich wusste mehr von ihm als alle anderen«, sagte Gisela, während ihr Tränen übers Gesicht liefen.

Die Trauerfeier 1986

Es standen mehr Leute vor der Trauerhalle, als Hans erwartet hatte. Er ging mit Margot an der Hand an den Trauergästen vorbei und nickte einigen Bekannten kurz zu. Zügig begaben sie sich in die Trauerhalle, wie von einem unsichtbaren Schleier umgeben. Ab und zu blickte Margot ihren Sohn mit rotgeweinten Augen an, nur um sich zu vergewissern, dass er noch neben ihr ging, und ihre Hand hielt.

Sie nahmen in der ersten Reihe Platz. Die anderen Trauergäste folgten ihnen zaghaft. Die ersten beiden Reihen waren für die Familie reserviert, dahinter versammelten sich Freunde, Bekannte und die Nachbarschaft.

Margot starrte wie hypnotisiert auf den aufgebahrten Sarg. Der Bestatter hatte ihr empfohlen, Hermann nicht im offenen Sarg auszustellen. Man habe den Leichnam zwar bestmöglich präpariert, dennoch böte er keinen schönen Anblick. Man möge ihn so in Erinnerung behalten, wie er zu Lebzeiten ausgesehen hatte. Margot war einverstanden. Sie konnte keine Toten mehr ertragen, hatte in ihrer Jugend genug davon gesehen. Ihr Bedarf war für alle Zeiten gedeckt.

Jetzt galt es nur noch, die Trauerfeier zu überstehen. Sie blickte kurz hinter sich. Hermanns Bruder Ernst und ihre Schwägerin Elsa saßen mit gesenktem Kopf in der zweiten Reihe und nickten ihr kurz zu. Hans hatte darauf bestanden, seinen Onkel und seine Tante zu informieren, obwohl die beiden Brüder jahrelang keinen Kontakt mehr hatten. Hermann hatte sich verbeten, mit seinem Bruder jemals wieder zu sprechen. Margot war bereit, den Wunsch ihres Mannes zu akzeptieren; aber Hans griff, kaum in Stuttgart angekommen, nach dem Telefonhörer und rief seinen Onkel an.

»Mein Gott, ich habe vor ein paar Tagen vom Tod meines Bruders geträumt.« Hans vernahm ein kurzes Schniefen am anderen Ende der Leitung. »Ich danke dir für deinen Anruf.« Hans gab die Adresse des Friedhofes und den Zeitpunkt der Trauerfeier bekannt. »Wir werden meinem Bruder die letzte Ehre erweisen. Es ist sehr schade das wir uns nicht mehr gesehen, und miteinander sprechen konnten.«

Ein vergrößertes Foto in einem angemessenen Rahmen stand auf einem Stativ und schien, mit den Trauergästen zu kommunizieren: Eine Porträtaufnahme von Hermann aus den fünfziger Jahren zeigte ihn mit gewelltem blonden Haar und strahlenden Lächeln. Ein Novum.

Der Trauerredner trat an sein von Blumen bekränztes Pult und schaute einen Moment mit ernster Miene in die Gesichter der Anwesenden. Seine rechte Hand griff nach dem Mikrofon. Er justierte es in Richtung seines Mundes, bevor er mit sonorer Stimme zu sprechen begann:

»Als Kind hat man es nicht eilig. Man läuft der Zeit nicht hinterher. Vielmehr ist die Zeit bei einem, steht wie ein Begleiter neben dem kleinen Menschen. Nach der Jugendzeit beginnt sie zu beschleunigen, ist dem Menschen immer ein paar Schritte voraus; und langsam beginnt man, ihr hinterherzugehen. Als erwachsener Mensch läuft sie einem endgültig davon. Uneinholbar. Erst am Ende des Lebens holt man sie wieder ein. Vereinigt sich mit ihr. Im Tod ist man mit ihr vermählt. Ein Bräutigam, eine Braut – bis in alle Ewigkeit. Hermann war ein ernster, ein getriebener Mensch…«

Familienaufstellung

Gisela und Ferdi erschienen erst zum Leichenschmaus in einem Café in der Nähe des Friedhofes. Ein kleiner illustrer Kreis hatte sich um einen runden Tisch versammelt. Margot sah kurz von ihrem Kuchenstück auf, nickte kurz, und trank danach schlürfend ihren Kaffee.

»Der Trauerredner hat eine schöne Ansprache gehalten«, sagte Hans provozierend und rührte mit seinem Löffel in seiner Kaffeetasse herum.

»Keine der üblichen Beweihräucherung?«, fragte Ferdi, der sich neben Hans setzte und atemlos mit den Fingern nach einem Kellner schnippte.

»Es war feierlich und wir haben euch vermisst«, ergänzte Margot pikiert.

»Um ein Haar wären wir gar nicht gekommen. Es gab auf der Steige einen Unfall und die Straßenbahnen fuhren unregelmäßig«, bemerkte Gisela kurzatmig.

»Aber jetzt seid ihr ja Gott sei Dank da.«

Nach dem Leichenschmaus überreichte Margot ihren Kindern mit einer feierlichen Geste zwei Bilderrahmen mit Hermanns Porträt.

»Damit ihr euch immer an euren Vater erinnert.«

Da brach es aus Gisela heraus.

»Er war nicht mein Vater.«

Sie griff nach dem Bilderrahmen und übergab ihn dem verdutzten Ferdi.

»Stimmt«, pflichtete Hans bei.

»Na, dann eben Stiefvater.«

Danach verwandelte sich die Stimmung von Niedergeschlagenheit in Richtung Gefrierpunkt. Ernst und Elsa hatten sich bereits nach der Trauerfeier verabschiedet: Ein Leichenschmaus mit anschließendem Umtrunk käme für sie nicht in Frage. Kühl und distanziert reichten sie Margot und Hans die Hände, und gingen ihres Weges.

Die verbliebene Kernfamilie schwieg sich im Café an, bis Gisela die Initiative ergriff, Ferdi am Arm berührte und sich abrupt verabschiedete: »Bis bald. Wir sehen uns.«

Zwei Tage später. Margot hatte auf dem Dachboden bei der Suche nach alten Fotoalben einen beschädigten Karton mit allerlei Krimskrams entdeckt. Sie wollte ihrem Sohn Gelegenheit geben, alles noch einmal zu durchstöbern.

»Nimm mit, was du noch gebrauchen kannst. Der Rest kommt auf den Müll.«

Widerwillig zog Hans den Karton zu sich heran.

»Ich habe nicht unbegrenzt Platz in meinem Koffer.«

Dann griff Hans unvermutet mit beiden Händen in seine Kindheit hinein. Zuerst kamen aber zwei *Karl-May*-Alben zum Vorschein.

»Ich dachte, die hätte Vater damals mit den Comics verbrannt?«

»Vater hat es nicht übers Herz gebracht. Er kannte deine Vorliebe für die *Winnetou*-Filme.«

Die Seiten waren in einem guten Zustand, als hätte Hans erst vor wenigen Tagen die Bilder geklebt.

»Es gab auf unserer Schule damals einen regen Tauschhandel. Wir haben mit roten Gummibändern die Bilderstapel befestigt und in die Hosentaschen gesteckt. In jeder großen Pause wurde gefeilscht.«

Margot strich über den gebückten Rücken ihres Sohnes.

»Dein Vater war ein Mann, der nie über seine Gefühle reden konnte. Er hatte keine Worte dafür.«

Margot wies mit dem Finger auf einen zweiten Karton.

»Das alles hat er für dich aufbewahrt. Er hoffte ja lange Zeit, dass du wieder zurückkehren würdest.«

Da war das alte Blechkarusell, mit benutztem Geschenkpapier umwickelt. Plötzlich purzelte ein Stofftier aus einer Plastiktüte: Der klatschende Affe, der seine vergoldeten Becken fest gegen einander presste. Hans strich über das zerrupfte Köpfchen des Affen. Dann griff er nochmals in die Plastiktüte.

»Wo ist denn der Zylinder?«

»Welcher Zylinder?«

»Ich bin mir sicher, dass der Affe damals einen Zylinder trug.«

»Ach so?«

»Ich hatte das Tierchen noch lang in meinem Jugendzimmer stehen. Selbst Mara kannte es noch.«

»Aha.«

Margot beugte sich über den Karton.

»Auf so einem langen Weg kann schon mal was verloren gehen.«

»Das ist wohl wahr.«

Dann fand Hans den Schlüssel. Nach kurzem Zögern steckte er ihn in die kleine Aussparung im Rücken des Tieres und zog den Mechanismus auf. Sofort schienen sich die Schultern des Äffchens zu blähen. Die beiden

goldenen Becken klatschten wie entfesselt gegeneinander. Beifall ohne Ende.

Familienaufstellung

Die Protagonisten:

Hermann, der Vater und Stiefvater
Margot, die Mutter
Gisela, die Tochter
Hans, der Sohn
Alwine, die Oma mütterlicherseits
Dorothea, die Oma väterlicherseits
Ferdi, der Schwiegersohn
Karen, die Schwiegertochter
Ernst, der Onkel
Elsa, die Tante